벚꽃이 피었다

SAKURA NO KUBIKAZARI
by Akane Chihaya

Copyright © Akane Chihaya, 2015
All rights reserved.
Original Japanese edition published by Jitsugyo no Nihon Sha, Ltd.

Korean translation copyright © Bookhouse Publishers Co., Ltd., 2017
This Korean edition published by arrangement with Jitsugyo no Nihon Sha, Ltd., Tokyo,
through HonnoKizuna, Inc., Tokyo, and Shinwon Agency Co.

이 책의 한국어판 저작권은 Jitsugyo no Nihon Sha, HonnoKizuna, Shinwon Agency를 통해
저자와 독점계약한 ㈜북하우스에 있습니다. 저작권법에 의해 한국 내에서
보호를 받는 저작물이므로 무단전재 및 무단복제를 금합니다.

벚꽃이 피었다

치하야 아카네 소설
김미형 옮김

엘리

일러두기

＊ 본문 중의 주석은 모두 옮긴이주이다.

차 례

봄, 여우에게 홀리다

春の狐憑き

"이 대롱 안에는 여우가 들어 있어요."

청량한 목소리가 머리 위로 쏟아져 내렸다.

얼굴을 들어보니 초로의 남자가 싱긋 웃고 있었다.

"여우…… 라고요?"

때는 2월이 끝나갈 무렵이었고 겨울 기운이 한풀 꺾이기는 했지만 여전히 쌀쌀한 오후였다.

나는 언제나처럼 공원의 낡은 나무벤치에 앉아 있었다. 언덕 아래여서 그런지 공원에는 볕이 잘 들지 않아 내가 앉은 벤치 주위만 포근히 햇빛에 싸여 있었다.

나는 헐렁하고 두툼한 코트를 걸치고 보풀이 인 머플러를 목에 빙빙 두른 모습으로, 입을 벌린 채 남자를 쳐다보았다. 손에 꼭 쥔 보온병 컵에서 천천히 김이 피어오른다.

남자는 여전히 미소를 띤 채 나를 내려다보고 있다. 가볍고 따뜻해 보이는 올리브색 외투가 물에 젖은 이끼처럼 반짝인다. 코트도 재킷도 아닌 외투. 그 사람에게선 그런 예스러운 우아함이 풍겨나고 있었다. 두껍게 껴입은 내가, 계절 속에 홀로 남겨진 눈사람처럼 느껴졌다.

나는 서서히 붉어지는 뺨을 감추기 위해 시선을 내리고 작은 목소리로 말했다.

"참…… 작은 여우네요."

남자는 크게 고개를 끄덕이고는 진짜 그렇다는 듯 말했다.

"네, 평범한 여우가 아니니까요."

하긴 그럴 것 같은 생각이 들었다.

그가 손에 든, 대나무로 만든 것 같은 대롱은 자그마한 필통 크기였다. 나뭇결은 광택을 띤 호박색이었고, 덩굴무늬가 그려진 거무스름한 금속제 뚜껑이 양쪽에 달려 있었다. 처음 보는 것이었지만 무척 오래된 물건 같았다.

"구하느라 꽤 고생했어요. 값이 상당한데다 이젠 얼마 안 남았거든요."

그렇게 말하며 남자는 애틋한 듯 대롱을 쓰다듬었다.

"아."

나는 애매하게 맞장구를 치고, 컵에 든 차로 시선을 돌렸다. 조금 무서워졌다. 우아한 노신사처럼 보였지만 하는 말이 영 심상치 않았다. 이 사람 이야기에 말려들어 이상한 물건을 억지로 사게 되면 어쩌지 싶어졌다.

의심이 가득한 분위기를 알아챘는지, 남자가 갑자기 "이런" 하고 큰 목소리를 냈다.

놀라서 얼굴을 든 내 눈앞에 그가 길쭉한 손을 내밀었다. 길고 가느다란 손가락이 가지런히 모여 있었다.

"실례했습니다. 저는 오자키라고 합니다."

활달한 말투였다. 나는 못 본 척할 수도 없어 굼뜨게 손을 뻗었다. 따뜻하고 건조한 손이었다.

그것이 오자키 씨와의 첫 만남이었다.

그 후, 같은 공원 같은 벤치에서 종종 이야기를 나누는 사이가 되었다.

"일반적으로 여우에는 여섯 종류가 있습니다."*

오자키 씨는 오로지 여우 이야기만 했다.

그는 언제나 호리호리한 몸에 딱 맞는, 재봉이 잘된 옷을 입는다. 프리 사이즈라는 말에서 가장 동떨어진 느낌이다. 디자인은 무척 클래식했고, 갈색이나 녹색처럼 식물과 잘 어울리는 색을 좋아하는 것 같았다. 등줄기를 빳빳하게 세운 채 꼿꼿이 벤치에 앉았고 가죽

---

* 오자키 씨가 말하는 여우의 명칭과 분류는 일본 각지의 전설, 설화에 등장한다. 오자키라는 이름 역시 사람을 홀리는 여우의 한 종류이다.

가방도 언제나 반짝반짝 닦여 있었다. 마치 서양 동화에서 빠져나온 사람 같아 보인다.

그런 오자키 씨에게 '일반적'이라는 건 대체 무슨 뜻일까 생각되면서도, 나는 얌전히 고개를 끄덕였다. 오자키 씨는 이야기를 이어 간다.

"하나는 실체가 있는, 다시 말해 축생畜生 종류인 여우입니다. 나머지 다섯은 실체가 없는 여우이고요."

"다섯 종류나 되나요?"

"네."

"오자키 씨의 여우는요?"

"제 여우는 대롱이라는 종류입니다."

"대롱?"

"네, 그렇습니다."

"보이는 그대로네요."

오자키 씨는 잠깐 생각하더니, "그러고 보니 그렇군요" 하고 웃었다.

웃으면 오자키 씨의 얼굴은 아이 같다.

풍채와 외모 모두 이제 결코 젊다고 할 수 없고 머리에도 흰머리가 많이 섞여 회색으로 보이지만, 웃으면 몇 살은 더 어려 보인다.

"드세요."

나는 보온병에 든 엽차를 내민다. 구수한 향이 건조한 공기 속에 퍼진다. 나는 좋아하는 찻잎을 일부러 주문해서 매일 아침 도코나메야키* 찻주전자로 우린다. 캔이나 페트병에 든 차는 색을 탄 물 같은 느낌이 들어 마음이 차분해지질 않는다.

오자키 씨는 "아, 고마워요" 하고는, 눈을 가늘게 뜨고 깊숙이 인사한 다음 엽차를 받아 들었다. 천천히 차를 마시고 잠시 눈을 감은 다음 "맛있네요" 하고 미소를 짓는다.

나도 따라 싱긋 웃는다.

오자키 씨는 별나기는 했지만 온화했고, 분위기를 망치는 사람이 아니었다. 그래서 점심시간을 여우 이야기로 때우게 되더라도 나는 그게 싫지 않았다.

그는 자기가 흥미를 느끼는 것들에 대해 억지로 의견을 구하지 않았다. 게다가 비현실적인 이야기는 감정을 흐트러뜨리지 않는다. 나는 오자키 씨가 즐겁게 하는 말을 그저 편안한 마음으로 들을 수 있었다.

내가 일하는 곳에는 오자키 씨 이상으로 별난 사람들이 꽤 많이 드나든다.

나는 공원 위 언덕을 슬쩍 올려다보았다. 난간이 달린 긴 계단이 뻗어 있다. 언덕 위에서 벌거벗은 나무들이 추운 듯 바람을 맞고 있었다.

* 아이치 현 도코나메 시에서 생산하는 도기. 일본에서는 붉은색 도코나메야키 찻주전자가 널리 쓰인다.

나지막한 언덕 위에는 메이지 시대에 세워진 낡은 건물이 있다. 지금은 미술관으로 쓰이고 있고, 동시에 내가 일하는 곳이기도 하다.

온통 서양식으로 장식된 커다란 아치형 문 앞에 서 있으면, 중학교 역사 교과서에 나오는 '문명개화'니 '로쿠메이칸'*이니 하는 말들이 머릿속을 스친다. 오자키 씨라면 거기에 산대도 이질감이 느껴지지 않을 것 같다는 생각에 조금 웃음이 난다. 무척 분위기 있는 미술관이었지만, 시립 시설이라 예산이 부족한 탓에 낡고 이용이 불편하다며 평판이 그다지 좋지는 않았다.

게다가 시내에서 떨어진 언덕바지에 있기 때문에 걸어가려면 백 개가 넘는 계단을 올라야 했다. 계단 중간쯤 다다르면 늘 바람이 휘몰아쳐, 얼마나 자주 목도리와 모자를 날려버렸는지 모른다.

하지만 그곳에서는 멀리 희미하게 산들과 모형 같은 시내가 보였다. 그리고 끝없이 펼쳐진 하늘. 미술관 직원들은 대부분 통근버스를 이용했기 때문에 나는 그 광경을 매일 아침 독차지할 수 있었다. 중후한 석조 건물에 들어서기까지는, 맑은 하늘을 떠다니며 모든 것들로부터 자유로운 해방감을 맛보았다.

미술관 자체도 나는 무척 좋아했다. 미술관에는 생활이라는 것이

---

* 국빈과 외교관들을 접대하기 위해 메이지 정부가 만든 사교장.

없기 때문이다. 기름때가 들러붙은 부엌도, 싱크대에서 썩어가는 음식물 쓰레기도, 비누 냄새가 퍼져 있는 세탁실도, 이런저런 색과 냄새를 풍기는 음식도 없다. 철저히 관리되고, 썩지도 성장하지도 않을 안정된 작품들이 고요하게 존재할 뿐이다. 그것들은 다 말라 버린 시체처럼, 눈에 보이지 않는 속도로 가만히 스러져간다. 그 때문인지 미술관에서는 아무런 냄새도 나지 않았다. 그저 적막했고, 아주 조금 먼지 냄새가 날 뿐이었다.

미술관의 공기는 몇십 년 전부터 내려 쌓인 듯 미지근하게 괴어 있고, 마비될 것만 같은 졸음을 느끼게 한다. 습도계 바늘만이 때때로 생각난 듯이 흔들린다. 부드러운 아침 햇살이 낡은 미술관 안으로 비스듬히 비치면, 버려진 폐허 속에 있는 듯한 착각을 불러일으킨다.

무엇보다 사람들이 통과해 가는 곳이라는 점이 내 마음을 편안하게 했다. 아무리 많은 사람들이 몰려와도 누구 하나 이곳에 머무르지 않는다. 사람들의 물결 속에서 나는 오래된 건물과 전시품들의 일부가 된다. 그리고 건조한 시간 속에 조용히 묻힌다.

매일, 언덕의 긴 계단을 올라 미술관에 도착하면 축축한 지하 탈의실로 내려간다. 검은 원피스 유니폼으로 갈아입고, 검고 작은 리본이 달린 둥근 구두를 신고, 작고 검은 모자에 핀을 끼운다. 탈의실 옆에 있는 보일러실 공기조절기가 매일 아침 정확히 같은 시간에 괴물처럼 으르렁 소리를 낸다. 낡은 건물이 부르르 몸을 떨며 눈을 뜬다.

그리고 나는 정문 입구의 중앙 카운터에 서서 관람객을 맞이한다.

미술관 문이 열리면, 사람들 목소리와 구두 소리가 높은 천장에 부딪쳐 빙글빙글 돌기 시작한다. 직원들은 모두 정해진 장소에서 완만한 미소를 얼굴에 붙이고, 따분한 듯이 고정된다. 마치 석고상 처럼.

영원 같은 시간이 흔들거리며 지나가고 저녁이 된다. 입구의 커다란 문과 천장 사이에 끼워진 스테인드글라스를 통과한 선명한 빛이 빛바랜 타일 바닥에 모양을 그리기 시작하면 나는 유니폼을 벗고 집으로 돌아간다.

단조롭고 고요한 반복이었다.

점심시간만큼은 미술관에서 나와 계단 맨 아래에 있는 공원으로 갔다. 쉬는 시간이 끝나기 직전까지 그곳에 있다가 숨이 차도록 계단을 뛰어 올라갔다. 아무리 서두를 때라도 도중에 한 번은 뒤로 돌아 경치를 바라보는 것을 잊지 않았다.

나는 휴게실에서 잡담하는 것이 서툴렀다. 그리고 하루에 한 번은 햇빛을 받고 싶었다. 오자키 씨를 만난 곳도 그 공원이었다.

미술관에서 일하기 전이었다면 아마도 오자키 씨가 별난 사람이라서, 혹은 나이가 꽤 많은 사람이라서 등등의 이유로 친밀하게 이야기를 나누지 않았을 것이다.

그러나 나는 미술관에서 나이 많은 사람들과 자기 세계에 갇혀 있는 사람들을 많이 봐왔기 때문인지, 오자키 씨가 그다지 이상하게 여겨지지 않았다.

나는 그리 젊은 축에 속하지는 않지만 나이를 많이 먹은 편도 아니다. 지병도 없고 체력이 떨어져 고생하는 일도 없다. 서른을 넘어서면서부터는 젊음 때문에 느끼는 초조함도 사라졌다. 어떤 의미에서는 지금이 무척 안정된 상태일지도 모른다. 그래서인가, 솔직히, 나이가 든다는 게 어떤 건지 아직 실감하지 못한다.

다만 지금으로서는, 나이가 든다는 건, 보이지 않는 것들이 많아져간다는 느낌이다. 육체적으로는 작은 글자들이기도 하고 간판이기도 하고, 정신적으로는 일반적인 상식이기도 하고 자기 자신이기도 하고 타인의 감정이기도 하다. 점점 좁아져가는 투명 상자에 갇히는 느낌. 언젠가 그런 상태가 나에게도 찾아오리라 생각하니 텅 빈 위장처럼 서늘한 기분이 들었다.

공공시설이라는 개방된 공간에는 이상한 사람들도 섞여 들게 마련이다. 그들은 자신만의 완전한 세계에 있으면서 각자의 가치관에 맞춰 독특한 행동을 했다. 노인들처럼 현실을 보고 싶어도 보이지 않는다는 초조함이나 불완전함이, 그들에게는 없었다.

그들에게는 타인이나 현실 따위를 돌아볼 마음이 전혀 없었다. 타인이 자신을 어떻게 보는지 전혀 개의치 않는 듯했다. 아니 애초에 자기 자신 말고는 세상에 아무도 존재하지 않았다. 그 완전한 자기 매몰 덕분에 바깥세상에만 신경 쓰며 사는 우리에 비해 훨씬 당당해 보였다. 어쩌면 그들의 내면세계는 농밀한 평온함이 지배할지도 모른다는 생각이 들었다.

물론 평범한 사람들도 많이 찾아왔지만, 평범한 사람들은 그 당연함 때문에 내게 아무런 인상을 남기지 않았다. 마치 연속적인 풍경처럼.

평범하지 않은 인간의 그 강렬한 존재감에 눈길을 빼앗겨, 내 자신을, 평범함이 무엇인지를 잃고 만다. 눈길을 거둘 수가 없다. 다른 사람들은 다를까? 빠져들 것 같지 않을까?

"선은 말이죠, 자기가 긋고 싶을 때 그으면 되는 겁니다."

언젠가 오자키 씨는 그렇게 말했다.

"위험하다 싶을 때까지 눈길을 빼앗겨도 두려워할 필요가 없다는 게 제 생각입니다. '이형異形에 신이 머문다'는 옛말이 있지 않습니까? 무엇이 좋고 무엇이 옳은지 일률적으로 재단할 수는 없지요. 그런 걸 보면 옛날 사람들이 지금보다 훨씬 관대했어요."

"옛날이라면, 언제를 말씀하시는 거예요?"

"이 여우가 태어났을 때죠."

오자키 씨는 양복 안주머니에서 대롱을 슬쩍 꺼내, 마치 그때를 본 사람처럼 속삭였다.

"오자키 씨는 학자나 뭐 그런 분인가요?"

오자키 씨는 자신에 대한 이야기를 별로, 아니 거의 하지 않는다.

그래서 가끔 내가 묻곤 했다.

"자료를 찾거나 문헌 읽는 걸 좋아합니다만, 그걸로 먹고살지는 않습니다."

태평스러운 말투로 오자키 씨는 대답한다.

"그럼 무엇으로 먹고사시나요?"

"선천적인 것으로요."

뜻을 알 수 없는 대답이었다. 오자키 씨는 종종 그런 말을 한다. 얼버무리려는 것이 아니라, 오자키 씨 자신에게는 의미가 통하는 것 같다. 캐물으면 자세히 말해주겠지만, 왠지 내키질 않는다.

내가 골똘히 생각에 잠겨 있자 오자키 씨가 말했다.

"언덕 위 미술관에서 일하죠?"

"어떻게 아셨어요?"

"유니폼을 보면 알지요. 지금은 점심시간이겠죠?"

오자키 씨는 웃었다. 나는 조금 쑥스러워 고개를 숙였다.

"오자키 씨는 신기한 분이라 뭐든 다 꿰뚫어보실 것 같았어요."

3월이 되고 따뜻해지기 시작한 공원에는 사람들이 조금씩 늘기 시작했다. 우리 앞에 있는 미끄럼틀에서는 어머니와 세 살쯤 되어 보이는 아이가 놀고 있다. 아이가 걸을 때마다 작은 신발이 오리 장난감 소리를 냈다.

"전 평범한 사람이에요. 이 여우는 다 꿰뚫어보지만."

"모두 다요?"

"모두 다. 대롱은 원래 점칠 때 쓰는 여우거든요."

"점을 치시나요?"

아이가 미끄럼틀 위에서 새된 소리를 낸다. 오자키 씨는 천천히 고개를 흔들었다.

"수행한 사람만 가능해요. 원래 그들이 대롱 안에다 여우를 넣었거든요. 사실 제겐 어울리지 않는 물건입니다. 여우도 처음엔 날 우습게 여겨 여간 힘든 게 아니었지요."

"여우도 말을 할 줄 아나요?"

"물론이죠. 다만 주인에게만 합니다. 대롱은 대롱대로 원하는 게 있고, 녀석이 지나치게 제멋대로 굴면 저 역시 곤란해지니까 대화를 할 필요가 있습니다. 지금은 타협점을 찾아서 제법 잘 지내고 있어요."

또다시 알 수 없는 얘기를 하고는, 오자키 씨가 여우가 든 대롱을 귀에 대었다. 나는 흔들흔들 고개를 끄덕이며 그 얼굴을 들여다본다.

"뭐라고 하나요?"

오자키 씨는 눈가를 내리며 약간 웃었다.

"애들이 싫다는군요."

비둘기를 쫓아가다 넘어진 아이가 요란스럽게 울어대고 있었다.

그달에 좀체 없었던 근대미술 기획전이 시작됐다. 봄을 맞이해

관람객들을 모아보자는 취지였을 것이다. 특별히 큰 텔레비전 방송국이 주최를 하면서 요란스럽게 홍보를 했다. 그 탓에 미술관은 사람들로 들끓었다.

미술관 직원들은 예상치 못했던 인파로 정신을 차릴 새가 없었다. 나를 포함한 안내 담당자들은 관람객들을 제대로 유도하지 못하고 부질없이 목만 쉬었다. 기획전 스태프들은 주최 측에서 고용한 사람들이라 낡은 미술관의 복잡한 내부를 이해하지 못한 상태였다.

게다가 2층에서는 그다음 주로 예정된 미술대학 졸업전 작품들이 반입되고 있었다. 툭하면 약속 시간을 어기는 학생들은 정해진 시간이 지나도록 삐걱대며 조립하는 소음을 냈다. 아무도 주의를 주러 갈 여유가 없었고, 미술관에는 초조함과 조바심만이 증폭되어 갔다.

관람객들의 불평이 메아리치자 직원들 얼굴에선 웃음과 차분함이 사라져간다. 끊임없이 쏟아져 들어오는 사람들 사이에서 모두 우왕좌왕할 뿐이었다.

꺼끌꺼끌한 뭔가가 꽉 들어찬 분위기 속에서 미술관에 자주 오는 한 할아버지가 오늘은 왜 이렇게 시끄럽냐고 안내대에 와서 불평을 늘어놓기 시작했다. 미술관에 갓 들어온 젊은 여직원의 얼굴에 불쾌한 표정이 역력했다.

나는 조금 떨어진 곳에서 다른 관람객들에게 보관함 위치를 설명하고 있었다. 할아버지와 그녀의 대화를 알아들을 수는 없었지만, 뺨에 찌릿 하는 전류 비슷한 것이 느껴졌다. 아, 안 되는데, 그런 생각을 하며 안내대로 돌아가려는 순간, 할아버지의 얼굴이 굳어졌다. 그 주위에 있던 직원들의 움직임도 멈췄다.

그 신입은 자주 문제를 일으켰다. 그녀가 너무 당연한 말을 태연히 뱉어내기 때문이다. 이번에도 그랬을 것이 분명하다. 하지만 불평하는 사람들이 바라는 것은 상황 설명이나 정당한 논리가 아니라 사죄와 공감이다. 특히 자존심이 강한 사람들은 이쪽에서 득의양양한 얼굴로 정당한 말을 하면 화를 낸다.

할아버지는 얼굴이 붉게 상기된 채 찌렁찌렁한 목소리로 고함을 쳤다. 지팡이를 짚은 손이 떨리고 있었다.

미술관에 들어오려고 기다리던 사람들이 미간을 찌푸렸다. 여기저기서 불쾌한 목소리가 들려왔다.

미술관 전체에 드리워진 불길한 감정이 포화 상태에 이른 듯했다. 공기가 옅어져가고 숨이 찬다. 마치 어항 속에 들어와 있는 것 같다. 나는 눈을 감고 심호흡을 해보려 했다.

그때였다. 높은 웃음소리가 천장을 뚫고 지나갔다.

얼굴을 올려다보니 삼십 대 후반으로 보이는 남자가 괴성과 함께 우산을 휘두르며 홀에서 춤을 추고 있었다. 주위는 물을 끼얹은 듯 조용해졌고 남자가 내는 구둣발 소리만 또각또각 날아다닌다. 경비원 둘이 그 남자를 붙들어 잡는다. 그는 경비원에게 잡힌 상태에서도 침을 흘리며 웃고 있었다. 안내대에 있는 우리를 가리키며 전보다 더 높은 웃음소리를 낸다.

직원들도 관람객들도 말문이 막혔다.

경비원들이 그 남자를 밖으로 데리고 나가자 제정신이 들었다는 듯 술렁임이 되돌아왔지만, 방금 전까지 충만했던 신경질적인 공기는 깨끗이 사라져 있었다. 모두를 사로잡고 있던 긴장이 바람처럼 완전히 빠져버린 것 같았다.

소리 지르던 할아버지도 멋쩍은 듯 "거참 이상한 사람도 다 있군" 하고 맥없이 웃었다. 나는 미소를 지으며 응대를 하고는 미숙한 일 처리에 대해 사과했다.

할아버지가 가버리자 신입 여직원이 미간에 주름을 세운 채 "진상이네" 하고 중얼거렸다. 누구에게 하는 말인지는 알 수 없었다.

겨우 점심시간이 되어 도시락과 물통을 들고 휴게실에서 나가려는데 조금 전 신입이 말을 걸었다.

"와카바야시 씨는 흥분하거나 그런 일 없어요?"

그녀는 의자에 앉아 기름종이를 코에 누르고 있었다.

"매사에 나하곤 상관없다는 얼굴을 하고 있잖아요."

그녀는 눈을 가늘게 뜨고 도발적인 웃음을 띠고 있었다. 이 비슷한 표정을 몇 번이나 본 적이 있다.

나는 일부러 활짝 웃는다.

"일이잖아. 하나하나 진지하게 상대하면 귀찮으니까."

"우스워서 상대하기 싫다, 뭐 그런 건가요?"

그런 것은 아니다. 하지만 설명해봐야 소용없다는 생각이 든다. 압정으로 벽에 꼭 붙이는 식의 말투였다.

"전 도저히 그렇겐 못하겠어요."

신입은 말을 잇는다. 말하면서 파우치에서 접이식 거울을 꺼낸다.

"뭐랄까, 좀 대단하다고나 할까, 암튼 특이하시네요."

그녀는 립글로스로 반짝이는 입술을 비틀어 웃어 보였다. 거울을 보며 웃는 얼굴을 지어본 것인지도 모른다. 하지만 그 웃는 얼굴은 나의 심장에 찰싹 달라붙었다. 입 안이 몹시 끈적거린다.

휴게실 문을 밀면서 고개를 기울여 웃는 얼굴을 만들고 어두침침한 복도로 뛰어나왔다. 서걱서걱, 피부 아래에서 무언가가 꿈틀거린다. 미술관에는 창문이 별로 없다. 어둠을 찢듯이 발걸음을 서둘렀다. 차가운 돌바닥에 구두 소리가 크게 울렸다.

나는 정문 입구에 모인 사람들을 헤치고 자갈길을 걸어 공원으로 향했다.

모든 게 소란스럽다. 소란은 빈틈없이 정적을 뒤덮어버린다. 평소처럼 온도 없이 음영만 있는 공간이 그립다. 혼자만의 투명한 고요함에 빠져들고 싶다. 어서, 빨리.

정신을 차리고 보니 종종걸음으로 계단을 뛰어내리고 있었다.

귀 옆으로 바람이 소용돌이친다. 쿵쾅쿵쾅, 무딘 진동이 몸을 떨게 한다.

넌 어떤 말을 해도 무표정해서 무슨 생각을 하는지 알 수가 없어.

날 포기해서 아무 말 안 하는 거야?

바람의 신음 소리가 함께 살던 사람의 목소리로 바뀐다. 떠올리고 싶지 않다.

그 사람은 나를 좋아한다고 했었다. 그 사람은 나에 대해 알고 있다고 생각했다.

그런데 어느 날, 그는 내가 유별나다고 했다. 그날부터 완전히 말이 통하지 않게 되었다. 그가 하는 말에 수긍해도 노골적으로 불신을 드러냈다. 사실은 그렇게 생각하지 않으면서, 하는 얼굴로 나를 보았다. 무슨 말을 해도 전해지지 않았고, 아무것도 내게 닿지 않게 되었다. 다른 나라의 말처럼. 말이 스르르 그의 몸을 통과해버릴 때마다 눈물이 흘러넘칠 것만 같았다.

그때껏 함께 쌓아오던 것들이 무너지고 색이 바래지고 황량해져 갔다. 그 모습을 보고 있자니 심장이 삐걱거렸다.

억지로 만드는 웃음도 점점 딱딱해졌다. 매일 밤, 위가 오그라드는 것 같았다.

불만이 없었기에 아무 말도 하지 않았다. 신경 쓰이는 일이 있어도 넘어갔다. 세상에는 내 힘으로는 바꿀 수 없는 것들이 있다. 그걸 어렸을 때부터 알고 있었기에 싫은 일이 있으면 그저 지나가기를 기다렸다. 그러지 말았어야 했던 것일까?

작별인사는 내가 꺼냈다. 마지막까지 이해할 수 없다고 했다. 노력도 하지 않느냐고.

전해지지 않는다면 노력도 없는 것이나 마찬가지다. 내게는 전달할 능력이 없는 것이리라.

아마 그 무렵부터 내 어딘가가 고장이 나서, 사람들과 함께 있어도 통하지 않을 것이라는 생각을 했다. 태어날 때부터 그런 능력이 부족한 건지도 모르겠다. 결함 제품이 다른 사람과 지내봐야 폐만 끼칠 것이다. 어차피 무너질 것이라면 나는 처음부터 폐허 속에서 지내는 게 낫다.

회색 계단을 하나하나 밟아가는 나의 발을 내려다본다. 계단을 헛디딜 뻔해, 칠이 벗겨진 손잡이를 잡는다. 앞으로 고꾸라질 찰나에 몸이 멈췄다. 숨이 찼다.

숨 가쁜 소리를 내는 가슴을 누르고 크게 숨을 들이마셨다. 그리고 천천히 한 발씩 계단을 내려갔다.

알고 있다. 나는 다른 사람들 속에 있는 것이 두렵다.

포기하고 도망치고 있다. 알고 있지만 공포심을 이겨낼 수가 없다, 전부터.

오자키 씨는 두렵지 않은가요? 항상 그렇게 즐거운 듯이 이상한 말만 하고, 그렇게 자연스럽게 다 드러내고, 오만한 구석도 없고. 있는 그대로를 다 보여주다가 누군가에게 거절당하거나 오해를 받는 게 두렵지 않나요?

나는 두렵다. 다른 사람에게 마음을 허락하거나 기대거나 끌리는 것이 두렵다. 멋대로 나를 해석하거나 나에게 환멸을 느끼거나 나를 싫어하거나 나를 배신하는 것이 두렵다. 나를 부정해버린다면 어떻게 서 있어야 할지 알 수 없다. 그럴 거라면 혼자가 더 낫다. 아무것도 변하지 않을 테고, 소모될 일도 없다.

공원에 오자키 씨는 없었다.

나는 조금 안심이 되어 무거워진 몸을 벤치에 던졌다.

지금은 오자키 씨의 자상하게 웃는 얼굴을 보고 싶지 않았다. 혼자서 평소 상태로 마음을 돌려놓고 싶었다. 늘 그랬듯. 차가운 벤치의 감촉이 몸에 스며드는 것 같았다.

하늘을 올려다보니 축축한 회색 구름이 무겁게 내려앉아 있었다. 공원은 적막했다.

차갑게 젖은 바람이 불어와 몸이 떨렸다.

멀리서 둔탁한 천둥소리가 들려오는 것 같았다.

다음 날엔 구름 한 점 없이 맑게 갰다. 도시락 뚜껑을 열자, 뒤편에서 부드러운 목소리가 들렸다.

"언제나 맛있어 보여요."

오자키 씨였다.

"아, 벌써 유채꽃이 나와서, 겨자를 넣어서 무쳐봤고요. 죽순도 미역이랑 같이 조렸어요. 좋아하는 거라 너무 많이 만들어버리거든요…… 콩비지도 조렸어요. 이름만 들어도 봄 냄새가 나잖아요."

나는 왠지 말이 많아졌다. 오자키 씨는 아, 아, 하고 들어주었다.

"저도 좋아합니다, 죽순 미역 조림이요. 봄이네요. 아, 봄 하면 두릅도 좋죠."

"그죠. 쌉싸래한 게 몸이 깨끗해지는 느낌이에요."

"네."

오자키 씨도 어딘가 모르게 들떠 보인다.

"그러고 보니, 여우는 뭘 먹나요?"

"여우는 말이죠, 사람들의 제정신을 먹고 살지요."

오자키 씨는 방긋 웃으며 말했다. 농담으로 꺼낸 말이었는데, 나는 대답에 흠칫 놀랐다.

"가끔은요, 하도 먹고 싶다고 졸라대서 너무 귀찮을 때가 있어요. 그럴 땐 대롱을 살짝 열어줍니다. 그럼 바람처럼 날아간답니다. 여우한테 홀린다는 말이 있지 않습니까? 여우한테 먹히는 동안엔 그렇게 됩니다. 어제 이상한 사람이 미술관에 가지 않았나요? 이놈이 한 짓이에요. 돌아와서 당신이 거기 있었다고 하더군요."

나는 그만 오자키 씨의 얼굴을 빤히 쳐다보고 말았다.

"나쁜 여우였군요……"

오자키 씨는 당치 않다는 얼굴과 몸짓을 했다.

"착하고 나쁘고 그런 게 아니라 원래 그런 거예요. 생물은 모두, 있는 그대로 살기 때문에 생물인 겁니다."

"하지만 다른 사람을 이상하게 만들어버리면 안 되는 거잖아요."

"그거야 인간들 사정이죠."

오자키 씨의 단호한 말에 나는 조금 놀랐다. 오자키 씨는 내 얼굴을 보고 미안하다는 듯 살포시 웃어 보였다.

"평생 이상하게 만드는 건 아닙니다. 아주 잠깐이에요. 작은 병원균 같은 거죠. 홀려도 숙주를 죽이기까지 하지는 않습니다. 오히려 감기처럼 내성이 생겨 그 전보다 더 단단해지기도 합니다. 홀린 동안에도 나쁜 일만 일어나는 것은 아니고요. 평소 닫혀 있던 마음이 열리는 거니까 그때까지 깨닫지 못하던 것을 깨닫게 되기도 합니다. 하지만 최근에는 모두 마음가짐이 불안정한 탓인지 어제처럼 심하게 난동을 피우기도 하지요. 여우도 먹고 싶은 건전한 마음이 별로 없다고 한탄하더군요."

"요즘 사람들은 별로 건전하지 않나요?"

"네, 사람이면서 사람이 아닌 사람이 늘었어요. 기계가 만든 것만 먹거나 주변의 자연을 느끼지 못해서요. 주위에 휩쓸리기만 하고 제 안의 목소리를 제대로 느끼며 살지 않으면 생물로서 제정신을 유지할 수 없지요. 그렇게 되면 보기에는 사람이라도, 알맹이는 이미 사람의 형상을 유지하지 못하게 됩니다. 홀리는 것보다 그런 게 더 고치기 힘들어요. 스스로가 병의 원인이니까. 게다가 문제는 사람이 아니게 되더라도 살아갈 수 있는 곳이 보장된다는 점입니다. 아니, 이건 어떤 의미에서는 구원이라고도 할 수 있겠지만……"

나는 새우 가루가 들어간 계란말이를 젓가락으로 집은 채, 열심히 말하는 오자키 씨를 바라보고 있었다.

"그 계란말이, 색깔이 예쁘네요."

갑자기 오자키 씨가 몸을 돌려 나를 돌아보는 바람에 나는 당황한 나머지 계란말이를 입 안에 쑤셔넣고 말았다. 입 안 가득 넣고 고개만 끄덕여 대답한다. 쿡쿡, 오자키 씨가 웃는다.

"와카바야시 씨는 무척 정상으로 보여요."

"하지만 전 유별나다는 말만 듣는걸요."

"그렇지 않아요. 여우가 늘 말해요. 와카바야시 씨 제정신을 먹어버리고 싶다고."

"네에?"

나는 놀라 몸을 뒤로 뺐다.

"괜찮습니다. 제가 말리고 있어요."

오자키 씨는 그렇지 않아도 꼿꼿한 등을 뒤로 좀더 젖혔다.

나는 발등을 보고 몸을 움츠리며 중얼거렸다.

"하지만…… 제게는 여우가 좋아할 만한 건전함은 없을 거예요. 항상 흔들리기만 하고. 도망만 치고."

오자키 씨가 천천히 고개를 흔드는 게 느껴졌다.

"다른 사람 감정을 제대로 느낄 줄 아는 당신이 이상할 리 없지요. 당신의 흔들림은 고동처럼 생생하고 따뜻해요. 게다가 어떤 동물이든 상처를 받으면 도망치는 법입니다. 두렵지 않다고 스스로 납득할 수 있을 때까지는 계속 도망쳐도 괜찮습니다."

온화한 목소리였다. 햇볕이 오자키 씨의 옷을 따스하게 하고 오자키 씨의 옷에서 부드러운 냄새가 나게 했다. 오자키 씨는 아무것도 묻지 않았다. 그저 말없이 미소를 지었다. 나는 당황해 화제를 바꾸었다.

"여우는 사람 몸에 들어올 때 어디로 들어오나요?"

"'야코'라는 종류는 겨드랑이로 들어온다고 합니다. 대롱은 귀를 통해 들어오고요."

"여우가 몸에 들어와 제정신을 먹어버리면 어떻게 되지요?"

"야코는 지위가 낮아서 반미치광이가 되지요. 그 외에는, 아까도 말했지만 그 사람의 마음가짐에 따릅니다. 비상하게 머리가 좋아지기도 하고, 예언을 하기도 하고, 폭음폭식을 하기도 하고, 정신이 불안정해지기도 하지요. 여우에게 홀렸다가 여우가 나가면 이전과 같기는 하지만 제정신을 차리고 속이 시원해지기도 하나봅니다. 그리고 가장 지위가 높은 여우는 사람 모습으로 변해 다른 사람들에게 다가가기도 하고요."

"왜 그런 짓을 할까요……?"

나는 죽순을 입에 넣었다. 조금 딱딱했다.

"그야, 그런 생물이라서 그렇죠. 이유는 없습니다. 예전에는 비이성적인 일들이 비일비재했으니까요. 눈앞의 선악에 연연해서는 안 됩니다. 답이 바로 나온다면, 그 답은 별 가치가 없으니까요. 답이 없는 게 오히려 당연한 거죠, 원래는요."

천천히 오자키 씨가 말했다.

변함없이 말도 안 되는 논리로. 사실 무슨 뜻인지 잘 알 수 없었다. 하지만 오자키 씨의 말은 나에게 그대로 스며들었다.

어디선가, 아직 봄에 완연히 익숙해지지 않은 새소리가 들려왔다.

그다음 주 초에 고열이 나고 말았다. 온몸이 아파 눈을 떴다. 아무래도 봄의 불안정한 기후 때문에 감기에 걸린 것 같았다. 열 때문에 시야가 일그러져 작은 천장이 빙글빙글 돌았다. 감기에 걸린 게 오랜만이라서 마음이 몹시 허했다.

나이도 먹을 만큼 먹었는데 한심하다. 반성하면서 비틀비틀 몸을 일으킨다. 미술관에 결근하겠다는 전화를 하고 뜨거운 몸과 오싹한 등줄기를 이끌고 약을 사러 나갔다.

길을 걷고 있을 때, 흰 것들이 팔랑이며 풍경을 부옇게 만들었다. 열 때문인가 싶었는데 아니었다.

벚꽃이 만개해 있었다.

푸른 하늘과 조화를 이루며 그야말로 행복한 음악처럼 활짝 피어 있었다.

오자키 씨와 같이 봤으면 좋겠다, 하는 생각이 들었다. 주말 이후로 쉬었기 때문에 내가 더 이상 공원에 나오지 않을 거라고 여기지나 않을까 걱정이 됐다. 순간, 벚꽃이 번졌다. 깜짝 놀랐다. 눈물이 나다니, 열 때문에 정서가 불안정해진 것이리라.

마트에서 생강과 파와 자몽을, 약국에서 약과 드링크제를 산 후 집으로 돌아왔다. 죽을 먹고 영양제와 약과 수분을 열심히 섭취하고 땀으로 젖은 파자마를 갈아입고 아무 생각을 하지 않으려고 애쓰면서 이불 속으로 들어간다.

잠은 푹 잤기 때문에 의식만 조금 깨어 있는 상태로 깜박 졸았는데, 그 덕분에 이상한 꿈을 몇 가지나 꾸게 되었다. 자면서도 방 밖을 지나가는 사람들 목소리까지 선명하게 들렸다.

꿈속에서 나는 오자키 씨와 무언가를 찾고 있었다. 하지만 무엇을 찾는 것인지 오자키 씨가 가르쳐주지 않아, 나는 색다른 것을 발견할 때마다 달려가 오자키 씨에게 보여주었다. 몇 번을 들고 가도 오자키 씨는 묵묵히 고개만 저을 뿐이었다. 그 표정이 점차 어두워지자 오자키 씨가 내게 환멸을 느끼게 되지나 않을까 두려운 마음이 들었다. 나는 결국 내가 찾은 것을 들고 그에게 달려가지 않게 되었다.

슬픈 꿈이었다.

눈을 뜨자 한밤중이었는데, 비 내리는 소리가 들렸다.

벚꽃이 다 져버리겠다는 생각을 했다.

숨이 찰 만큼 슬픈데 어찌해야 할지 몰라서 몇 번이나 일어나고 눕고를 반복하다가 결국 새벽까지 뜬눈으로 지새웠다.

해가 뜨자 나는 화장도 하지 않은 채 옷을 껴입고 밖으로 뛰어나갔다.

비는 그쳤지만 드문드문 벚나무 아래에 흰 점들이 가득 떨어진 것을 보고 내 심장의 고동 소리가 커졌다. 나는 공원을 향해 필사적으로 뛰었다.

공원은 고요했고 인적이 느껴지지 않았다. 멀리서 신문 배달하는 자전거의 삐걱대는 소리가 들린다. 고개가 푹 꺾였다. 이런 이른 아침에 오자키 씨가 공원에 올 리가 없잖아.

포기하고 돌아서려는데 가장 안쪽 벤치에서 사람 그림자가 움직였다.

오자키 씨였다.

"오자키 씨!"

내가 소리치자 그는 나를 알아보고 우스꽝스러울 만치 손을 똑바로 들어올린다. 틀림없는 오자키 씨다.

달려가서 보니, 오자키 씨는 젖은 벤치에 주름 하나 없는 손수건을 깔고 변함없이 곧추앉아 있었다.

숨을 헐떡이는 나를 올려다보며 그가 활짝 웃는다.

"오랜만이네요. 웬일이에요, 이렇게 아침 일찍."

나는 뭐라 해야 할지 알 수 없어서 오자키 씨를 가만히 바라보았다.

"얼굴이 좀 부었네요. 뺨도 발갛고. 감기 걸렸어요?"

오자키 씨는 걱정스러운 듯 내 얼굴을 바라보더니 벌떡 일어나 내 이마를 만졌다.

오자키 씨의 손은 차가워서 기분이 좋았고, 건조했다.

흰칠하게 큰 오자키 씨를 바라보고 있자니 코끝이 시려왔다.

"오자키 씨."

"네."

"벚꽃이…… 벚꽃이 다 져버릴 것 같아서……"

오자키 씨는 이마에서 손을 떼고 가만히 내 손을 잡았다. 분명 나는 울 것 같은 얼굴을 하고 있었을 것이다. 마치 아이처럼.

"나도 그럴 것 같아서 이렇게 일찍부터 나와봤죠. 어쩌면 벚꽃이 우리를 불러낸 것 같네요. 하지만 저길 봐요. 아직 괜찮아요."

오자키 씨가 올려다본 방향을 바라보자 연분홍 구름으로 덮인 언덕이 보였다. 미술관 주변의 벚나무들이었다.

벚나무들이 희부연 아침 하늘에 사뿐사뿐 떠 있었다.

들이마신 숨이 그대로 멈추었다.

"마치 언덕이 관을 쓴 것 같네요. 보기 드문 절경입니다."

오자키 씨가 만족스럽게 말한다.

"오자키 씨."

"네."

나는 벚꽃을 바라보며 말했다. 말이 멋대로 입에서 넘쳐흘렀다.

"이제 오자키 씨를 못 만나게 되는 줄 알았어요."

"네."

"그럼 이렇게 벚꽃이 예쁘다든가, 그런 이야기를 나누지 못하게 될까봐서요."

"네."

"그건 싫다는 생각이 들었어요. 저, 아직 오자키 씨에게 아무 말
도 제대로 못했어요. 얘기를 나누게 되어서 즐거웠다든가 마음이
편했다든가. 전 정말 기뻤거든요, 마음이 놓이기도 하고요."

"네."

"그래서 오자키 씨와 제대로 잘 지내보고 싶어요. 앞으로, 제대로
요."

어느새 눈물이 뚝뚝 흘렀다. 벚꽃이 번져 더욱더 구름처럼 변해
갔다. 이상한 말을 하며 아이처럼 울어버려, 나는 오자키 씨의 얼굴
을 제대로 바라볼 수 없었다. 벚꽃이 점점 더 부예진다.

잠시 침묵이 흐른 뒤, 오자키 씨가 말했다.

"여우한테 홀려도 말이죠."

허를 찔려 그만 오자키 씨 얼굴을 바라보고 말았다. 오자키 씨는
부드럽게 미소 짓고 있었다.

"여우한테 홀려도 본인은 그 사실을 모른다고 합니다."

무슨 말인지 알 수 없어서 눈물이 말라갔다. 오자키 씨는 "하하"
하고 웃고 다시 벚꽃을 올려다본다. 여전히 내 손을 쥔 채였다.

"이번 연휴에 같이 벚꽃 구경을 갑시다."

오자키 씨가 천천히 말했다. 나는 여전히 멍한 상태였다.

"다행히 이 동네에는 벚나무가 많아요. 옛날 이 동네에 사쿠라모

리*라는 정원사가 있어서 온갖 종류의 벚꽃을 심었답니다. 늦게 피는 벚꽃 명소를 알고 있어요."

"오자키 씨는 뭐든 다 아시네요."

"네, 여우가 가르쳐주거든요."

오자키 씨가 양복 주머니를 만지며 장난스럽게 웃는다. 아아, 늘 보던 오자키 씨다. 그런 생각에 나의 얼굴에도 미소가 번졌다.

"도시락, 내 것도 만들어줄래요?"

"네?"

나는 깜짝 놀란다.

"꽃구경 가야죠."

당황한 나는 "네" 하고 말했다. 목소리가 약간 들떠 있었다. 오자키 씨가 눈가로 살짝 웃는다.

"저, 이래봬도 꽤 많이 먹습니다."

"삼 단으로 만들게요."

"여우가 좋아하는 유부도 싸줄래요?"

"하지만 여우는 사람들 제정신을 먹잖아요."

"가끔은 좀 참고 여우다운 걸 먹어보라고 하죠 뭐."

내가 쿡쿡 웃자 오자키 씨도 소리 내어 웃었다.

"감기, 빨리 나아야 해요."

---

* '벚나무 파수꾼'이라는 뜻.

"네."

그리고 우리는 말없이 벚꽃을 바라보았다.

따스한 바람을 타고 온 얇은 꽃잎이 검게 젖은 땅 위로 떨어져 내렸다.

하얀 파편

白い破片

옅은 잿빛으로 흐린 공기가 비스듬히 찢어진 느낌이었다.

조금 후 파란 비닐 시트가 툭, 소리를 냈다.

작지만 경쾌한 진동이 연달아 엉덩이로 전해진다. 나는 피우다 만 담배를 커피 캔에 떨어뜨리고 일어서서는, 이미 여기저기 물방울이 스며들기 시작한 가죽 구두를 신었다.

옆에서, 마찬가지로 따분한 듯 비닐 시트 위에 앉아 있던 아저씨가 멍하니 입을 벌린 채 무릎을 껴안고 앉아 하늘을 올려다보고 있다. 입에 빗방울이 들어갈 것 같다. 나란히 깔려 있는 비닐 시트 저편의 벚꽃을 바라보다가 다시 잿빛 하늘을 올려다본다. 이 상황을 받아들이기 힘든 모양이다.

빗줄기가 거세진다. 여기저기 앉아 있던 사람들이 볼멘소리를 하며 하나둘 일어서기 시작했다.

나는 회사에 전화를 걸었다. 회사라고 해봐야 작업 인원까지 포함해 서른도 채 안 되는 인쇄소지만. 사무 직원인 미조구치가 냉큼 받았다.

"이봐, 비 오는데?"

잠시 침묵이 흐른 후, 꾸며냈던 목소리가 돌연 바뀐다.

"뭐야, 기시다 씨구나. 깜짝 놀랐잖아."

뭐야가 뭐야. 꽃구경 장소를 골라달라고 부탁한 건 너잖아. 전화 저편에서 데스크 의자가 삐걱대는 소리가 들렸다. 몸을 뒤로 젖히며 창밖을 보고 있는 거겠지.

"정말이네. 최악이다. 일기예보를 믿는 게 아니었어."

"이제 난 어떻게 해야 하지?"

"음."

미적지근한 목소리가 고막을 흔든다. 노란색에 가까운 갈색 머리카락을 손가락 끝으로 빙빙 돌리는 모습이 눈에 선하다. 아무래도 좋으니 빨리 좀 정해주라. 4월이지만 빗방울이 제법 차가웠다.

"사장님이 지금 손님과 얘기중인데, 상황을 좀더 지켜볼 수 있겠어? 내가 전화할게."

"다음으로 미뤄지면 곧장 퇴근해도 돼? 삼십 분 후면 퇴근 시간이니까."

"괜찮을 거야. 아 정말, 비 안 그치려나?"

말꼬리를 길게 늘어뜨리는 목소리를 더 이상 듣고 있다가는 짜증이 날 것 같아 전화를 끊었다. 도대체 나보다 다섯 살이나 어리면서 왜 반말이냐고. 부탁할 게 있거나 사과할 일이 있을 때만 끈적끈적한 목소리를 내는 여자. 평소에는 대수롭지 않게 느껴지는데 전화로는 이상하게 거슬린다.

비닐 시트에는 물웅덩이가 생기기 시작했다. 상황을 지켜보라고 한 것은 미조구치니까, 엉망이 되든 말든 난 상관없다. 하지만 꽃구경이 취소되면 접어서 들고 가야 하잖아. 흙탕물로 영업차가 더러워지는 건 싫었다.

젖은 앞머리를 타고 빗물이 눈으로 흘러내린다. 그러고 보니 옛날엔 산성비 때문에 머리가 벗어진다는 그럴듯한 이야기가 나돌았는데, 지금은 어떻게 됐지? 지구가 그때보다 깨끗해졌을 리는 없을 테고 서른도 되기 전에 머리가 벗어지는 사태만큼은 피하고 싶다.

펼쳐진 시트 사이를 뛰어 신사 지붕 아래로 들어갔다. 발밑에 빈 캔을 놓고 붉은 기둥에 기대어 선다. 그곳에서 사람들이 시트를 접고, 꺼냈던 음식을 도로 담는 모습을 무심히 바라보았다. 시내 중심에 있는 이 상업적 신사는 가장 인기 있는 꽃구경 명소다.

점점 굵어지는 빗방울 저편으로 경내 나무에 매달린 등롱들에 붉은 불이 하나둘 켜진다. 하지만 포장마차 천막들은 꼭 닫혀 있었다. 오늘 밤 꽃구경은 취소되겠지, 딱히 누구를 향한 말이랄 것 없이 그렇게 중얼대며 담배에 불을 붙였다.

눈가에서 어른어른 흰 것이 흔들렸다. 벚꽃이었다.

내가 앉아 있던 시트 밀집 지대와는 달리 신사 본전 앞 배전拜殿에서는 부지를 빙 두르고 있는 경내 벚꽃이 잘 보였다. 과연 벚꽃 명소라 불릴 만하군 싶었다. 땅바닥은 꽃구경하는 사람들 비닐 시트로 뒤덮여 있었지만, 그 위로 무수한 벚꽃이 구름처럼 떠 있었다.

저녁 어스름과 비 때문에 먹색으로 채워져가는 공기 속에서도 벚꽃은 고개를 숙이는 법 없이 선명한 윤곽을 드러내고 있었다. 부지런히 돌아갈 준비를 하는 사람들을 유유히 내려다보며.

나는 크게 연기를 내뿜었다. 순간, 눈앞의 벚꽃들이 흐릿해졌다.

꽃구경이 내일이나 모레로 연기되더라도 이번 주는 거의 매일 늦게 고객들과 약속이 잡혀 있어 나는 참석하지 못한다. 오늘 우연히 시간이 남았을 뿐이다. 잘됐다 싶었다.

솔직히 꽃구경 따위엔 아무 관심이 없다. 회식에도 그다지 적극적으로 참여하고 싶지는 않다. 올해 들어 갑작스레 웬 꽃구경을 하게 됐지? 장소를 잡아놨으니 회식에 가지 않더라도 별말은 없겠지. 이제 전화만 기다리면 된다.

쏟아지는 비, 그 저편으로 벚꽃이 졌다. 마음속으로 잡다한 변명을 짜내는 나를 비웃듯, 소리도 없이, 가만히. 눈 속에 아릿아릿 흰 잔상을 남기며, 흰 조각으로 풀어져 검은 땅 위로 흩어진다.

뇌리에서 유리 파편이 반짝인다. 엷게 웃는 입술. 그 무엇에도 흔들리지 않고 그 무엇에도 물들지 않는 흰 윤곽. 애써 찾지 않으면 보이지 않을 만큼 희미해진 손바닥 흉터가 지끈거린다. 그때의 수치심과 어렴풋한 두려움이 끓어오른다.

아직도 그 여자에게 사로잡혀 있다. 이 계절이 되면, 사로잡혀버렸던 나의 모습이 다시금 떠오른다.

짜증이 치민다. 나는 쭈그려 앉아 콘크리트를 두드리는 빗방울을 바라보며 담배를 연거푸 피웠다.

"여기서 담배 피우면 안 되는데."

문득, 둥글고 부드러운 목소리가 귓속으로 굴러 들어왔다. 옆을 바라보자 새전함賽錢函 앞 계단에 한 여자가 앉아 있다.

어스름 속에 떠오른 흰 얼굴에 가슴이 철렁 내려앉았다.

하지만 앞으로 몸을 숙여 나를 내려다본 것은 스무 살 남짓 되어 보이는 조금 통통한 여자였다. 나와 눈이 마주치자 사근사근 웃었다. 그 여자라면 이런 식으로 웃지 않는다. 다른 사람이다.

눈길을 거두고, 턱을 가볍게 내밀며 머리를 숙인 다음 담배를 땅에 비벼 껐다. 꽁초를 빈 캔에 집어넣는다. 여전히 여자가 나를 바라보고 있는 게 느껴졌다.

더는 시비를 걸지 않겠지, 하는 마음을 담아 쳐다보았지만 여자는 주눅 든 기색이라곤 없이 또다시 활짝 웃었다. 그때 여자의 맨발이 눈에 들어왔다. 계단에도 땅바닥에도 신발은 없다. 좀 이상한 여자일지도 모른다. 아니면 취했든가. 지금은 봄이니까.

나는 일어서서 여자를 보지 않으려고 애쓰며 다시 기둥에 기댔다.

바람이 불어 젖은 꽃잎 몇 장이 발밑으로 떨어졌다. 희게 빛나는

꽃잎들은 머릿속에서 뾰족한 유리 파편으로 바뀐다. 그 여자의 차
갑고 엷은 웃음이 가슴을 찌른다. 매해, 매해 그렇다.

그 여자는, 굳이 따지자면 내 타입은 아니었다.

웃음기라곤 없이 현관에 선 우리를 내려다봤고 그다음에는 길가
의 돌멩이나 잡초처럼 우리의 존재를 무시했다. 미인 축에 끼기는
했지만 눈가와 입가에 말로 표현하기 힘든 그늘이 느껴지는 여자였
다. 지금 와 생각하면 여자로서의 매력이나 요염함이라고 표현해도
좋음직한 그늘이었지만, 아직 젊었던 내게는 그저 음침한 여자로밖
에는 보이지 않았다.

그 무렵, 나는 삼류 사립대학 학생이었고 유흥비를 벌고 싶은 마
음에 학교는 다니는 둥 마는 둥, 이삿짐센터에서 매일같이 아르바
이트를 하고 있었다. 견적을 뽑을 때 말고는 기본적으로 손님들과
말을 나눌 필요도 없었고, 짐과 가구를 포장하고 운반하는 단순한
육체노동이었기 때문에 손님에 대해서는 일일이 마음에 두지 않았
다. 엄청나게 까다로운 손님만 아니면.

하지만 그 여자는 이상하게 신경이 쓰였다. 그 여자가 내뿜는 침
묵이 너무나 숨이 막혔던 것이다. 우리가 작업을 하는 동안, 그 여자
는 방구석에서 표정도 바꾸지 않고 가만히 서 있었다. 미덥지 않아
감시를 하는 건가 싶기도 했지만 여자의 눈에는 아무것도 비치지
않았다. 자기 이삿짐이라는 걸 알고는 있나 싶을 정도였다. 그런데

그저 멍하니 있는 것치고는 서 있는 모습에서 우아함과 위압감이 느껴졌다. 마음이 어수선해져 몇 번이나 상자를 떨어뜨릴 뻔했다.

여자가 말다운 말을 한 것은 단 한 번, 나와 선배가 헉헉거리며 지나치게 큰 더블 침대를 옮길 때뿐이었다.

"저쪽에."

여자는 휑한 방 한가운데를 가리키며 말했다.

고등학교 때, 정말 싫어했던 고전 시간에 배운 '아렴풋한 목소리'란 이런 목소리를 가리키는 거구나 싶었다. 여자의 얇은 입술은 거의 움직이지 않았다.

여자의 짐은 너무나 적었고 침대 말고는 화장대와 옷뿐이었다. 눈 깜짝할 새에 일이 끝났다. 선배가 내민 서류에 서명을 한 후 여자는 조용히 지갑에서 돈을 꺼냈다. 시스템키친이 달린 휑뎅그렁한 거실이 스산해 보였다.

"종이 상자는 재활용이 가능하니, 전화 주시면 회수하러 오겠습니다."

현관에서 그렇게 말하자 여자는 가볍게 고개를 끄덕였다.

닫힌 문 저편에서 체인 거는 소리가 차갑게 들려왔다.

"저 사람, 느낌 안 좋죠?"

트럭 조수석에 타면서 내가 말하자 선배는 페트병의 물을 마시며 지도를 펼쳤다.

"글쎄? 얌전한 사람 아닌가? 자, 다음으로 가자, 다음."

아마 3월에 접어든 무렵이었다. 이삿짐센터가 점점 바빠지는 시기였다. 선배가 지도에서 얼굴을 들었다.

"아, 그런데 말야, 이 아파트 뒤편에 둑이 있는데, 거기 정말 기가 막혀."

"뭐가요?"

"벚꽃 가로수 말야. 좀 있다가 여자친구랑 가보지 그래?"

"여자친구 없어요."

나는 대충 대답했다.

"봄도 별로고. 공기도 탁하고 눈도 부시고 주변이 술렁대잖아요. 벚꽃도 이상하게 아른대서 눈이 따끔거리고. 게다가 좀 춥기까지 하잖아요."

"그게 무슨 소리야? 올해는 잘 봐둬. 아마 인상이 바뀔걸?"

선배는 웃으며 트럭에 시동을 걸었다. 몸서리를 치듯, 차체가 부르르 떨었다.

내가 그런 얘기를 했기 때문인지 선배는 둑길을 달렸다. 과연 벌거벗은 나무들이 길가에 심어져 있었다. 덜컹대며 흔들리는 차창 너머로 아직 커튼이 달리지 않은 여자의 방이 보였다. 가로로 기다란 3층 건물에 주차장이 딸린 깔끔한 패밀리형 맨션. 수많은 창들이 석양을 반사해 눈을 찔렀다. 여기에 벚꽃까지 핀다면 틀림없이 눈이 부실 테지.

빛도 벚꽃도 보지 않으려 애쓰지만 어른어른 눈에 들어온다. 성가시다. 여자는 처음 봤을 때부터 내게 그런 느낌이었다. 말 한 마디 안 하면서 그 이상의 존재감을 발산했다. 생각할 틈조차 주지 않고 눈길을 빼앗았다.

그리고 일주일 후의 일이었다. 종이 상자를 회수해 오라고 건네받은 목록 안에 그 여자의 주소가 들어 있었다.

찰박, 하는 축축한 소리에 이끌려 의식이 돌아왔다. 신사 처마 밑으로 곰팡내가 자욱하다.

맨발의 여자가 바로 옆에 서 있었다. 신사 계단에서부터 발자국이 점점이 찍혀 있다.

여자는 보스턴백을 던지고 그 위에 쭈그려 앉았다. 짧은 꽃무늬 스커트 아래로 팬티가 보일 지경이다. 추운지, 여자는 파카 지퍼를 목 아래까지 올리고 나를 올려다보았다.

"사람들이 즐겁게 떠드는 것 같아서 와봤어. 그랬더니 벚꽃이잖아."

여자는 활짝 웃으며, 떨어진 꽃잎을 색이 물든 긴 손톱으로 집어 든다.

"한 잎 한 잎 보면 흰색인데 멀리서 보면 연분홍 구름 같아. 연분홍색은 행복해 보이는 색깔이야."

그렇게 말하는 여자의 한쪽 뺨이 부풀어 있었다. 입가도 찢어져 있다. 가느다란 다리에는 여기저기 푸른 멍이 들어 있었다. 거무죽죽

한 노란색 명도 보인다. 왠지 복잡한 사연이 있을 것 같다. 괜히 엮이고 싶지 않다.

비는 지칠 줄 모르고 내리고 있었다. 달리 갈 곳도 없고 전화도 걸려오지 않는다. 여자는 가만히 나를 바라보고 있다.

견디지 못하고 "이봐" 하자 여자가 "이름은 가스미" 하고 웃는다. 도무지 행복이란 게 찾아올 것 같지 않은 이름이다.*

"난 연락을 기다리고 있는 거야. 시간이 남아도는 게 아니라."

"그때까지 말상대 좀 해주면 안 되나? 춥고, 외롭잖아."

"나랑 무슨 상관이지?"

"상관있어."

"무슨 소리야?"

"벚꽃에 이끌린 인연이잖아."

이름이 가스미라는 여자는 그렇게 말하고 쿡쿡 웃었다. 진흙이 잔뜩 묻은 맨발을 해가지고서 대체 뭐가 재미있는 건지. 제정신이 아닌지도 모르겠다.

"남자친구한테 쫓겨났어."

가스미는 벚꽃을 바라보며 말했다.

"관심 없어."

"왜?"

---

* 가스미는 '봄 안개'라는 뜻이다.

"어차피 쓸데없는 얘기일 테니까."

가스미는 나를 올려다보았다. 진지한 얼굴이었다.

"아직 아무 말도 안 했는데 왜 쓸데없는 얘기일 거라고 생각해?"

"지금까지 다른 사람들한테도 네 얘길 몇 번이나 했겠지?"

가스미는 입을 다물었다.

"대답 못하는 거 봐. 그 정도로 떠들어댔다는 거야. 네가 여러 번 반복해서 말을 했는데도 쓸데없는 얘기라는 걸 알지 못하는 건 말이지, 다른 사람한테 말을 함으로써 네 마음이 일시적으로 편안해져버렸기 때문이야. 그래서 사실을 직시하지 못하는 거야. 그런 식으로 조금씩 자기감정을 해소하면서 넌 그렇게 쓸데없는 생활을 계속해나갈 거야. 그런데 왜 내가 그걸 도와야 하지?"

화를 돋우어 떼어낼 작정으로 나는 이렇게 지껄여댔다. 하지만 가스미는 멀뚱멀뚱 쳐다만 볼 뿐, 입을 비죽거리지도 말대꾸를 하지도 않았다. "'너'가 아니라 가스미라니깐" 하고 부드러운 목소리로 말하고는 "맞는 말일지도" 하며 작게 웃었다. 의외였다.

"하지만 여자애들은 쓸데없는 얘기를 하고 싶어하는 법이야. 이치를 따지고 싶은 게 아니라 그냥 말을 하고 싶은 거라고."

"아니."

나는 바로 부정했다.

"그렇지 않은 여자도 있어. 아니, 있었어."

"오늘 밤, 시간 있니?"

끈으로 묶은 상자 다발을 건네며 여자가 말했다.

힐끗 본 실내는 가구가 좀 늘어난 것 같기는 했지만 여전히 스산한 느낌이 남아 있었다. 집을 꾸밀 마음이 없는 건지, 현관 매트조차 깔려 있지 않았다. 어딘지 생활감이 결여된 분위기의 여자였다.

"밥이나 술 어때?"

사교적으로 날씨 얘기라도 하듯 선선한 말투였다. 무심한 얼굴로 상자를 받아들었지만 손에 땀이 고였다. 동요를 감추려고 "저, 돈 없는데요" 하고 일부러 퉁명스럽게 대답했다. 여자는 말하지 않아도 안다는 듯 엷게 웃었다.

"일 끝나면 데리러 와."

문이 닫히려는 순간 손을 넣어 문을 잡았다. 가까이서 보니 여자는 서른을 코앞에 둔 듯했다. 그렇지만 나를 올려다보는 가늘고 긴 눈매는 맑았고 매끄러운 피부는 희고 투명했다.

"남편이나 애인 없어요?"

여자는 눈을 가늘게 떴다.

"너, 나 좋아하니?"

나는 당황했다.

"설마요."

목소리가 갈라진 느낌이었다.

여자는 소리 없이 웃으며 잠시 나를 바라보았다.

"그럼 신경 쓸 거 없잖아? 나, 뭐 하는 사람처럼 보이니?"

"쫓겨난 야쿠자 애인."

심술을 부릴 심산으로 한 말이었다. 하지만 여자는 재미있다는 듯 끄덕이더니, "그걸로 됐어. 그렇게 생각해, 피해는 안 가게 할 테니까"라며 나를 현관에서 밀어냈다. 닫힌 문 저편에서 어김없이 체인 거는 소리가 들려왔다.

여우에게 홀린 듯, 시험을 당하는 듯, 복잡한 감정이었다. 여유 넘치는 여자의 웃음이 뇌리에 박혀, 만나자는 말에 순순히 기뻐할 기분이 아니었다. 외려 얄밉다는 게 솔직한 심정이었다. 바람맞힐까, 하는 생각마저 들었다.

하지만 짐을 싸고 상자를 나르면서도 여자의 엷은 웃음이 어른거리며 머릿속을 떠나지 않았다. 손톱 사이에 박힌 작은 가시처럼 이상하게도 내내 신경이 쓰였다.

결국 일이 끝나자 나는 여자가 사는 집 앞 인터폰을 누르고 있었다.

그러고 나서 일주일에 한 번꼴로 만나게 되었다.

여자는 늘 심플한 원피스에 카디건이나 재킷을 걸쳤다. 액세서리는 얌전하면서도 비싸 보이는 것이었고 힐도 핸드백도 말끔했으며 옷은 매번 달랐다. 택시로 레스토랑에 갔고 바에서 두 잔 정도 칵테일을 마신 후 택시로 돌아왔다. 주문은 그녀가 하고 식사는 거의 내가 했으며 계산은 그녀가 카드로 했다.

말은 언제나 내가 했고, 여자는 자신에 대해 무엇 하나 말하지 않았다. 내가 입을 다물고 있으면 그녀도 언제까지나 입을 다물고 있었다. 느긋하게 턱을 괴고 가게 안을 바라볼 뿐. 결국, 침묵을 견디지 못한 내가 입을 열곤 했다.

그녀는 나와 함께 시간을 보내고 싶다기보다는 집 밖을 나올 구실을 찾는 듯했다.

언젠가 "나와 있으면 즐거워?" 하고 묻고 말았다. 여자는 접시 위의 요리에서 눈을 떼지도 않고 "왜 그런 걸 물어?"라고 매끄럽게 응수했다. 그리고 덧붙였다. "어떻게 대답하면 만족하겠어?" 메추리고기를 능숙하게 발라내면서.

나는 수치심과 상처받은 자존심 때문에 아무 대답도 하지 못했다. 그리고 두 번 다시 묻지 않았다.

헤어지는 길, 여자는 늘 맨션 앞에서 "들렀다 갈래?" 하고 뒤를 돌아보았다.

나는 항상 거절했다. 마음을 들킨 것 같아 분했기 때문이다. 주도권을 여자가 계속 쥐고 있는 것도 분했다. 여자는 늘 차분했고, 솔직히 나는, 여자가 데려가는 고급 음식점이나 여자 주변의 분위기에 주눅이 들어 있었다. 지나치게 공손한 종업원의 눈도 신경이 쓰였다. 하지만 그것을 들키고 싶지는 않았다.

내가 거절을 해도 여자는 아쉬워하는 기색이 없었다. "잘 자" 하고 웃고는 조용히 맨션 안으로 사라졌다. 그 뒷모습을 볼 때마다 후회가 끓어오른 나는 또다시 여자 전화에 답하고 말았다.

그런 식으로 몇 번인가 식사를 하러 갔다.

어느 날, 아르바이트 트럭을 타고 맨션 뒤편의 둑을 지나쳐 가고 있었다. 늘 그렇듯, 여자의 집에 눈길이 갔다. 베란다 창문 커튼은 꼭 닫혀 있었다. 정오가 지났는데도. 왠지 가슴이 두근거렸다.

나는 몸이 안 좋다는 핑계를 대고 조퇴를 한 후 여자의 집으로 향했다. 주차장에 본 적 없는 은색 외제 차가 서 있었다. 주차장에서는 여자 집의 문이 보였다.

날이 저물 무렵, 문이 열리고 양복을 입은 남자가 나왔다. 여자가 살짝 얼굴을 내밀자, 남자는 몸을 숙여 여자의 귓가에 대고 친밀하게 무언가를 속삭였다. 두 사람의 표정은 보이지 않았다. 주차장을 나선 나는 뒤돌아보지 않고 걸었다.

심장이 요동치며 둔하고 뜨거운 통증이 온몸을 맴돌았다. 통증은 혈관 벽을 긁어댔고 등뼈를 삐걱거리게 했다. 숨이 무거웠다. 욱신대는 몸을 잊기 위해 고개를 숙인 채 역을 향해 내달렸다.

여자를 만났을 때, 나는 여자가 주문을 마치고 메뉴판을 종업원에게 건네기를 기다렸다가 입을 열었다.

"당신 집에서 남자가 나오는 걸 봤어."

여자는 유리잔의 물을 한 모금 마시고 나를 바라보았다.

"우연히 지나가는 길이었거든."

비난을 받은 것도 아닌데 변명 같은 말이 튀어나와 몸이 뜨거워졌다. 여자는 고개를 살짝 옆으로 기울이면서 눈길을 피했다.

"누구야? 애인이나 뭐 그런 거야?"

나도 모르게 이런 말이 입에서 새어나오고 있었다. 책망하는 어조였을 것이다. 여자는 나를 똑바로 쳐다보더니 눈을 가늘게 뜨면서 웃었다. 웃으며 말했다.

"그럼 어째서? 그게 너하고 상관있는 일인가?"

그 웃는 얼굴을 본 순간, 나는 내가 품었던 얄팍한 바람을 알게 되었다.

나는 여자가 당황하거나 변명하거나 어깨를 늘어뜨린 모습을 보고 싶었던 것이다. 화를 내더라도 상관없었다. 여자가 드러낸 표정을 보고 그걸 힐책하면서 자리를 떠줄 심산이었던 것이다. 달콤한 우월감과 만족감에 젖은 채.

하지만 그런 바람은 무참히 짓밟혔다. 여자의 표정에는 아무런 변화가 없었다. 여자는 나 따위는 처음부터 안중에 없었던 것이다.

"넌 그런 쓸데없는 말 하지 않을 줄 알았는데."

그녀는 작게 중얼거렸다. 그러더니 "가도 돼" 하고 말했다. 몸에서 힘이 모조리 빠져나갔다. 여자의 웃는 얼굴을 똑바로 쳐다볼 수 없었다.

"그럼, 내가 갈게."

여자는 계산서에 손을 뻗고, 조용히 자리를 떴다. 옷자락 스치는 소리와 상쾌한 향수 냄새가 가볍게 내 옆을 지나갔다.

나는 약간 위를 향해 있는 여자의 코와 때때로 입술 사이로 보이던 흰 치아를 떠올렸다. 빈틈없이 정갈한 얼굴에서 보이는 그 불균형이 귀엽게 여겨지기도 했던 것이다. 하지만 이제 그 마음조차 결점을 들춰내보겠다는 비굴한 근성처럼 느껴졌다.

주위 테이블의 웅성임과 그릇 부딪히는 소리가 확성기 소리처럼 크게 울리고 있었다. 나는 그 속에 앉아 잠시 자리를 뜨지 못했다.

"아, 추워."

가스미가 발을 동동거렸다. 찰박찰박 하는 한심한 소리에 맥이 빠졌다.

"가방 안에 양말이나 그런 거 안 넣고 왔어?"

"당장 나가라고 하도 소릴 질러대서 그런 거 챙길 시간도 없었어. 신발도 안 신었는데 현관문을 잠가버리잖아. 통장이랑 도장이랑 중요한 걸 집어오는 것만으로도 필사적이었다고. 그런데 목욕 타월 같은 걸 쑤셔넣어 왔으니, 참 웃기기도 하지. 아, 목욕 타월이 있었구나?"

가스미는 자리에서 일어나 보스턴백에서 연노란 목욕 타월을 꺼내 마치 무릎 담요처럼 맨다리에 걸쳤다. 왠지 더 비참해 보인다.

"우산 없어?"

"있으면 이런 데 앉아 있겠어요?"

그건 그렇다. 나는 한숨을 내쉬고 머리에 재킷을 뒤집어쓴 다음

빗속으로 뛰어나갔다. 이미 경내에는 사람들이 없었기 때문에 펼쳐진 비닐 시트 위를 신발을 신은 채 뛰어 지났다. 어느덧 꽃구경 등롱도 사라지고 없었다. 입구에서 자동판매기를 본 것 같은데.

금세 잿빛 공기를 어슴푸레 비추는 형광등 불빛이 보였다.

신사로 달려 돌아가니 가스미는 목욕 타월을 꼭 쥔 채 서 있었다. 슬쩍 까치발을 하고선. 그리고 나를 보자 아이처럼 웃었다. 나는 따뜻한 밀크티 캔을 던져준다.

가스미가 숨을 삼키고 놀란 얼굴로 "고마워" 하고 중얼거렸다.

"가버린 줄 알았어."

그 목소리가 너무 가냘파서 나는 그만 눈길을 피해버렸다.

"춥다고 춥다고 그러는 게 시끄러웠을 뿐이야."

나는 가스미가 건네는 목욕 타월을 뿌리치고 캔 커피를 딴다. 회사에 전화를 하려고 휴대전화를 꺼냈을 때, 가스미가 무언가 중얼거리는 소리를 냈다. 밀크티 캔을 붓지 않은 한쪽 뺨에 대고 있었다.

"뭐라고?"

"예전…… 여자친구거나 뭐 그래? 아까 얘기한, 쓸데없는 말은 하지 않는다는 여자."

"아니."

"그럼, 좋아하던 사람?"

"왜 그런 걸 물어?"

"그냥."

"끝난 일이야. 지금 와서 무슨 생각을 어떻게 해본들 아무것도 변하지 않아. 왜 여자들은 그런 걸 듣고 싶어하지? 과거에 어떤 마음이었든 그게 무슨 의미가 있어?"

나는 담배에 불을 붙였다. 가스미는 담배 피우는 걸 더 이상 책망하지 않았다. 빗방울이 땅을 치는 모습을 가만히 바라보고 있었다. 본격적으로 내리기 시작한 비 때문에 경내에 물안개가 자욱했다.

나는 지금까지 여러 명의 여자와 사귀었다. 사귀게 되면 여자들은 대체로 자기를 좋아하느냐고 물었다. 나는 그때마다 웃으며 얼버무렸다. 그런 건 아무 상관이 없다고 생각했기 때문이다. 누군가와 깊이 관계를 맺는 것도 귀찮았다.

결국 타인은 알 수 없는 것이다. 그 여자가 무슨 생각을 했는지 알 수 없었던 것처럼. 좋아한다고 입에 발린 소리를 듣는다고 해서 진심을 알 수는 없다. 그렇게 생각하니 사랑이니 연애니 하는 것에 휘둘리는 게 우스워졌다. 서로의 마음이 어찌 됐든, 사람들은 외로우면 위로해줄 상대를 찾기 마련이다. 어디서부터가 몸의 행위이고, 어디서부터가 마음이 들어 있는 행위인지 아무도 알 수 없다. 안다고 한들 일어나버린 사실에서 변하는 것은 없다. 그저 잠시 위안으로 삼을 뿐이다. 자신에게 유리한 쪽으로 해석해놓고 사실에서 눈을 돌리든가. 어느 쪽이 됐든 의미가 없다.

흰 연기를 어스름 속으로 내뿜고 있을 때, 가스미가 고개를 들었다.

"의미, 있어."

가스미가 나를 올려다본다.

"난 남자친구 좋아했어."

"그 꼴을 하고도 말이지?"

"응. 괜찮아, 좋아했으니까. 맞았어도, 싸웠어도, 쫓겨났어도, 난 좋아했어. 누군가가 날 비웃어도, 넌 속았다고 해도 괜찮아. 왜냐하면 난 힘껏 사랑했거든. 후회는 없어. 그러니까 지금 이런 꼴을 하고도 웃을 수 있지. 이번엔 실패했지만, 다시 누군가를 좋아하고 싶다는 생각을 해."

아이라인이 뭉친 눈을 똑바로 들어 나를 바라보는 가스미의 모습에 쓴웃음이 나왔다.

"너, 바보냐?"

가스미는 일부러 비웃음을 띤 내 말에 동요하지 않았다. 그냥 활짝 웃는다.

"바보면 안 돼? 적어도 난 겁쟁이는 아냐. 할 수 있는 만큼은 했어. 그걸로 됐다고 생각해."

나는 연기를 내뿜었다.

겁쟁이란 말이지. 희미하게 짜증이 밀려왔다.

입을 다물고 있는 사이, 규칙적인 빗소리가 가슴의 거스러미를 쓰다듬어주었다.

분명 나는, 자신 없고 겁 많은 나를 여자에게 드러내 보이는 게 무서웠다. 어릴 때의 나는 자존심만 내세우는 겁쟁이였는지도 모른다. 지금은 어떨까? 감추는 게 능숙해졌을 뿐, 아무것도 변한 게 없는 것 같기도 하다.

주머니 안에서 휴대전화가 울렸다. 하지만 받을 기분이 아니었다. 이렇게 비가 쏟아지니 어차피 꽃구경은 미룬다는 말일 테지. 퇴근 시간은 벌써 지났다.

"이봐."

나는 천천히 가스미를 봤다. 그리고 한 손을 펼쳐 오래된 상처를 찾았다. 내가 부순 유리창의 파편의 흔적.

"쓸데없는 애길 하나 해줄게. 난 말이지, 그 여자가 정말 싫었어. 증오했다고 해도 좋아. 사람에게 그렇게 상처를 주고 싶었던 적은 없었어."

그랬다. 그리고 나는 내게 생겨난 마음이 혼란스러웠다. 꽃에 미친다는 건 그런 걸 두고 하는 말일까? 왠지 그 말이 꼭 들어맞는 것 같았다.

그 후, 여자에게서 연락이 오는 일은 없었다. 맨션 커튼은 늘 닫혀 있었다. 그걸 볼 때마다, 몸이 삐걱대는 기분이었다.

어느 날 밤, 일이 끝나고 여자가 사는 맨션 뒤편 둑을 지나갔다. 벚꽃이 활짝 피어 있었다. 가로등도 없는 길이 벚꽃들로 인해 은은히 빛났고 가슴이 일렁였다. 미미한 바람에 꽃이 흔들릴 때마다 여자의 엷은 웃음이 마음 한구석을 아물아물 지나갔다. 하늘하늘 목덜미에 떨어지는 차가운 꽃잎에 등줄기가 서늘해졌다.

여자의 방에서 희미한 오렌지색 빛이 새어나오고 있었다. 문득 안에서 사람 그림자가 흔들린 것 같기도 했다.

벚꽃도 여자도 내 손이 닿지 않는 곳에서 요염하게 웃는다. 멀리서 바라볼 수밖에 없는 비참한 나를 흘끗 지켜보면서.

그 여자에게 조롱당했다는 생각을 했다. 그 여자는 심심풀이로 내 반응을 즐겼던 것이다. 복잡해지기 전에 얼른 인연을 끊고, 이젠 다른 남자를 만나고 있는 것일까? 그 가늘고 긴 눈에 나는 얼마나 우스꽝스럽게 비쳤을까. 지금도 아무것도 하지 못하는 나를 비웃고 있겠지.

시야가 좁아진 느낌이 들었다. 분노임을 알아챘을 때, 나는 주먹만 한 돌을 들고 있는 팔을 힘껏 휘두르고 있었다. 활짝 핀 벚꽃과 미지근한 봄밤의 어둠이 나에게서 현실감각을 앗아가고 말았다. 하늘하늘 행복하게 흔들리는 벚꽃도, 어렴풋한 방의 불빛도, 모두 산산이 부서져버렸으면 좋겠다는 생각이 들 뿐이었다.

유리가 부서지는 날카로운 소리가 울리고 나는 그제야 제정신이 들었다.

여자의 방 주위의 창문들이 하나둘 열렸다. 당황한 나는 언덕을 미끄러져 도망치려고 했다.

그때 전화벨이 울렸다. 오로지 벨소리를 막으려는 마음에 당황한 채 전화를 받았다.

"거기 있어?"

여자 목소리였다. 얼어붙은 채 얼굴을 들자 여자의 방 커튼이 열리고 이쪽을 바라보는 사람 그림자가 나타났다.

"오지 그래?"

온도가 없는 목소리. 하지만 차갑게 웃고 있는 것 같았다. 창문을 깼다는 걸 알면서도 힐책하지 않고 내 유치한 격정을 알아채고는 비웃고 있었다. 나는 그저 가만히 있었고 전화는 이내 끊겼다.

땅바닥에 떨어져 있는 꽃잎을 밟아 짓이기며 나는 맨션을 향해 곧바로 걸어갔다. 발아래의 꽃은 얇고, 꿈처럼 아무 느낌이 없었다.

인터폰을 누르자 잠금장치를 해제하는 무기질의 소리만이 들려왔다. 계단을 올라 긴 복도를 지난 나는 여자의 집 문 앞에 섰다. 손잡이를 돌리자, 아무 저항 없이 문이 열렸다.

실내는 어두웠다. 안쪽에서 아련히 창백한 빛이 새어나오고 있었다.

가까이 다가가자 그것이 달빛임을 알 수 있었다. 바람이 커튼을 흔들어 커다랗게 금이 간 유리창을 드러냈다. 소파와 낮은 테이블, 방 한쪽에는 관엽식물 화분이 놓여 있었다.

여자는 유리창 파편 속에 서 있었다.

얼굴을 들었을 때, 여자의 슬리퍼 아래서 파편들이 자고 딱딱한 소리를 냈다. 그 소리가 비명처럼 가슴을 찔렀다. 그 상처에서 뜨거운 피가 철철 넘쳐나듯 멈출 수 없는 충동이 끓어올랐다. 오싹하고 등줄기에 소름이 돋았다.

여자 팔을 그러쥐고 있었다.

나는 가느다란 그 몸을 벽에 밀치고 치마 안으로 손을 넣었다. 얼굴을 보지 않으려 했는지도 모르겠다. 내 몸이 너무 뜨거웠던 탓인지 여자 몸에서는 온도를 느낄 수 없었다. 나는 조금이라도 따스함을 느끼고 싶어 여자의 온몸을 거칠게 더듬었다. 바스라뜨리고 싶다는 포악한 욕망이 걷잡을 수 없이 커져갔다. 여자는 아무런 저항도 하지 않았다.

나는 여자의 목덜미를 물고 가슴을 쥔 채 허리를 움직였다. 여자의 목소리를 듣고 싶어 난폭하게 밀어 올렸다. 여자가 작게 신음한 순간, 삼켜 들어가는 듯한 쾌감이 덮쳐왔다. 나는 당황해서 몸을 뗐다. 나도 모르게 목소리가 새어나왔다.

나는 내 정액이 바닥을 향해 천천히 풀어져가는 것을 보았다. 반짝반짝 빛나는 유리에 흰 액체가 떨어졌다.

그 순간, 날카로운 차가움이 전해져 나는 몸서리를 쳤다. 온몸에서 힘이 빠져나가 주저앉았다. 바닥을 짚은 손에 저릿저릿 통증이 느껴진다.

문득 흰 것이 눈앞을 날았다. 커튼이 크게 펄럭인다. 나와 여자 사이에 벚꽃이 흩날리고 있었다. 내 체액과 깨진 유리 위로 벚꽃이 하늘하늘 흩어진다. 뒤틀린 열을 정화시키듯.

손바닥에서 통증이 맥박처럼 불룩불룩 뛰었다. 피가 뚝뚝 흐르는 감촉이 느껴진다. 하지만 나는 여자에게서 눈을 뗄 수 없었다.

여자는 벽에 기대며 나를 보고 있었다. 흐트러진 옷매무새를 고치려고 하지도 않고 여전히 엷게 웃으며. 그리고 매끄럽게 입술을 뗐다.

"넌, 이제 절대 날 못 잊을 거야."

여자는 문득 얼굴을 기울여 깨진 창문 너머로 활짝 핀 벚꽃을 바라보았다. 희고 단정한 옆얼굴이었다.

벚꽃은 어둠 속에서 만발해 있었다. 한 장의 꽃잎조차 어둠에 물들지 않았다. 오히려, 흰 윤곽이 어둠을 더욱 짙게 만들었다. 여자의 발밑에서 유리 파편이 눈을 찌르며 깜빡거렸다.

어둠 속에 주저앉은 채, 나는 그 정경을 바라보았다. 모든 것이 비현실적일 만큼 아름다웠다. 그리고 모든 것이 무척이나 차가웠다.

"그때, 분명 저주를 받은 거야. 그래서 벚꽃은 싫다. 특히 밤 벚꽃은 싫어. 무섭다고 하는 게 더 맞겠군."

"그 사람하고는?"

"난 내가 저지른 짓이 무서워서 도망쳤어. 그리고 한동안 그 맨션에는 가지 않았지. 반 년쯤 지난 후에 가보니 이미 다른 사람이 살고 있더군. 그걸로 끝이야. 사과를 할 수도 없지. 아무것도 전할 수 없어. 그때 나에게 어떤 형태로든 마음이란 게 있었다고 한들, 내가 한

짓은 용서받을 수 없는 일이야. 널 때린 남자친구도 마찬가지지. 좋아한다고 해서, 용서받을 수 있는 게 아니야."

가스미는 고개를 옆으로 흔들었다. 손을 뻗어 손가락 끝에 투명한 빗방울을 올려놓는다.

"아니, 좋아했다고 생각하는 건 스스로를 위한 거야."

"스스로를 위한 거라고?"

"그래. 방법은 잘못됐을지도 몰라. 서로 상처를 줬을지도 몰라. 하지만 어떤 마음이었든, 그때의 정직한 마음을 인정하지 않는다면 우린 결코 앞으로 나아가지 못할 거야. 이젠 밉지 않지? 지금이라면 그때 마음을 제대로 마주할 수 있을 것 같지 않아?"

나는 잠시 생각했다. 그렇다, 더 이상 밉지 않다. 다만, 잊을 수 없을 뿐이다. 쓰디쓴 마음이 잊히지 않고 남아 있을 뿐이다.

그때, 나는 대체 어떻게 했어야 했을까? 쓸데없는 고집을 피우지 않고, 비웃음을 사건 상대를 해주지 않건 상관없이, 한 번이라도 내 마음을 전했어야 했을까?

좋아했던 것은 아니다. 미워했던 것은 더더욱 아니다. 상처 주고 싶은 충동은 분명 있었지만, 그것이 전부는 아니다. 그게 전부일 리가 없다.

나는 그저 여자가 신경이 쓰였다, 처음 본 순간부터. 더 알고 싶었다. 그리고 그런 나를 보며 비웃지 말아줬으면 했다.

그렇게 솔직히 말할 수 있었다면 나는 지금 그때를 잊을 수 있었을까?

"그 여잔…… 다 잊었을까?"

목소리가 툭, 하고 떨어져 나왔다. 가스미가 나를 바라보는 기척이 느껴졌다.

"생각해봤는데, 그 여잔 분명 자기를 잊지 말아줬으면 했던 게 아닐까?"

엉겁결에 얼굴을 보니 가스미가 활짝 웃고 있었다.

"그쪽을 집에 부른 것도 그때 그 벚꽃을 같이 보고 싶어서가 아니었을까?"

"설마."

지나치게 낙천적인 의견에 쓴웃음이 새어나온다. 하지만 뜻하지 않게 품은 희망을 죄다 부정할 수는 없었다. 그렇다, 나는 빌었다. 잊지 말아주기를 바랐던 것이면 좋겠다고.

상상해본다.

낮이든 밤이든 꼭 닫혀 있어, 깊은 바닷속처럼 온통 스산한 방. 여자가 혼자 지키고 있는 비밀. 깨지는 정적. 투명한 유리가 튀며 흰 꽃잎이 흩날려 들어온다. 혼자 보기에는 쓸쓸하고 차가운, 활짝 핀 벚꽃. 발밑에서 빛나는 유리 파편. 여자는 무슨 생각을 했을까?

"있잖아, 사람들이 꽃구경을 하는 건, 벚꽃을 매해 바라보았으면 하는 건, 그 아름다움을 함께 나눌 사람이 있다고 생각하고 싶어서야. 누군가와 만든 추억을, 반복되는 사계절에 새기고 싶은 거야. 벚꽃은 매해 피니까. 봄이 되면 저절로 기억이 나잖아. 그러면 혼자가 아니라는 생각이 드니까. 난 그렇게 생각해. 그 사람은 행복했던 게 아닐까? 우리 엄마가 언제나 그랬어. 벚꽃은 밤에 보는 게 최고라고. 꽃잎만 떠 있고 우툴두툴한 줄기나 벌레 같은 것들은 다 어둠 속에 녹아버리니까, 제일 아름다운 것만 볼 수 있다고. 그 사람, 자기를 둘러싼 복잡한 것들은 다 지워버리고 오직 살아 있는 자신의 모습만을 누군가 기억해주었으면 했는지도 몰라."

느릿느릿한 어조로 어른인 체한다. 도대체 여자들은 만만치가 않다. 미덥지 못해 보여도 가만히 빛나는 신념을 가지고 있다.

벚꽃이 비 저편에 떠 있다. 주위는 완연한 어둠이다.

아주 조금만 시각을 바꿔도 세상은 다른 얼굴을 드러낸다. 쏟아지는 이 성가신 비가 마음을 차분히 가라앉히는 리듬으로 변하듯.

어렴풋한 벚꽃 빛깔을 바라본다.

지금까지 차가운 흰색이라고만 여겼던 벚꽃을 가스미는 연분홍색이라고 했다. 행복해 보이는 색이라고. 언젠가, 꽃의 색에 마음의 응어리가 녹아 없어지게 될까? 언젠가, 그 여자의 엷은 웃음도 쓸쓸한 웃음이었다고 여기게 될까? 앞으로 몇 번인가 봄을 보내고 나면.

"으슬으슬 춥다. 이제 그만 집에 갈까?"

일어서서 가스미를 내려다보았다. 방금까지 자신만만하게 얘기하더니 나에게 매달리는 듯한 눈으로 올려다보고 있다. 버려진 강아지처럼.

"너, 가스미라고 했지? 오늘 밤 잘 데는 있어?"

가스미는 고개를 숙이고 옆으로 흔든다.

"오늘 밤만 우리 집으로 오든가. 더럽지만, 빈방이 있긴 해."

가스미가 "정말로?" 하며 달려들 것처럼 일어섰다. 벚꽃에 이끌린 인연, 그런 게 있을지도 모르겠군. 가스미의 웃는 얼굴을 보며 그런 생각을 했다.

"할 수 없지 뭐, 업어줄게."

나는 쭈그리고 앉아 등을 돌렸다.

반응이 없다. 주저하고 있는 것 같다. 나라고 부끄럽지 않을까.

"얼른, 빨리 업히라니까! 차 더러워지는 거 싫어."

짐짓 거칠게 말하자 머뭇머뭇 어깨에 손이 놓였다. 아주 차가웠지만, 부드러웠다. 사람 손을 부드럽다고 느낀 게 몇 년 만일까?

"내일 아침 일어나자마자 신발부터 사러 가야겠네."

등의 무게를 확인하듯 가볍게 한 번 추키고 일어선다.

가스미의 후드에 들어 있던 벚꽃이 하늘하늘 떨어져 내렸다.

마른 상처가 떨어져 나가듯.

첫꽃
初花

몇 살 때였는지는 잊었다. 아버지가 계실 때였다.

햇살은 봄인데, 무척 추운 날이었다. 나는 아버지 무릎에 앉아 창 밖을 바라보고 있었다. 아버지는 텔레비전을 보고 있었고, 어머니 는 부엌에서 도마를 탁탁 두드리고 있었다.

집 안은 따스했다.

창밖을 흰 것이 스쳐 갔다. 팔랑, 팔랑, 몇 개나 날아간다.

"아, 눈이다."

내가 큰 소리를 내자 어머니는 뒤도 돌아보지 않고 말했다.

"설마, 벌써 3월인데. 이른 벚꽃이겠지."

"아냐."

아버지가 내 머리 위에 턱을 괴었다.

"틀렸어."

아버지는 그렇게 중얼거리고는 내 손을 끌고 베란다로 나갔다.

정말 눈이었다. 바람이 세서 눈은 땅에 떨어지지 않고 하늘하늘 흩날리고 있었다. 하늘은 새파랗게 맑았다. 어디서 내리는 걸까 싶어 하늘을 빙 둘러봐도 구름 한 점 보이지 않았다.

베란다에서는 주차장 옆에 있는 벚꽃도 보였다. 눈은 벚나무 주위에서도 날리고 있었다. 너무 아름다워 세상이 갸우뚱 흔들리는 것 같아, 나는 아버지 허리에 매달렸다.

"눈이 벚꽃과 꼭 닮았구나. 몰랐네. 여우눈인가?"

아버지는 눈을 가늘게 뜨며 이렇게 말했다.

그 후부터 나는 흰 벚꽃을 '눈꽃'이라고 부르게 되었다.

아버지가 집을 나가고 나서는 부르지 않는다. 마음속으로만 외친다. 사실은 내가 '눈꽃'이라고 부르는 벚꽃은 흔치 않다. 학교 주변에도, 등하굣길 근처 둑에도 연분홍색 벚꽃뿐이다. 봄부터 다닐 중학교에는 흰 벚꽃이 있을까.

나는 흰색이 좋다.

아버지와 함께 본 주차장의 벚꽃은 희고 아름다웠다. 흰 벚나무에 돋은 밝은 황록색 잎은 부드럽고 좋은 냄새가 났다.

흰색은 깨끗하고 행복해 보인다. 텔레비전 광고에서도 행복해 보이는 가족은 새하얀 옷을 입는다. 그런데 엄마는 내게 핑크색이나 빨간색만 입힌다.

단둘이 살게 되면서 엄마는 나에게 자기를 엄마라고 부르게 했다. 나는 사실 엄마라는 호칭이 마음에 들지 않는다. 그래서 속으로는 다른 식으로 불렀다. 어머니, 모친, 그 사람, 그 여자. 이중 무엇하나 들어맞지 않게 되었다. 어느새 엄마는 엄마가 되고 말았다. 하지만 나는 분한 마음에 꼭 필요할 때가 아니면 부르고 싶지 않다.

그 사람, 이라고 부르는 게 가장 편하기는 하다. 아버지가 나가고 나서는, 때때로, 무척 그 여자라는 냄새를 뿌려댈 때도 있다. 밤에 외출할 때라든가, 나를 오디션에 데리고 갈 때라든가, 옛날이야기를 할 때.

그 사람은 젊었을 땐 연극배우였던 모양이다. 결혼해서 "인생을 망쳤다"나. 영화에도 출연한 적이 있다는데 출연작을 보여준 적은 없다. 앞뒤가 맞지 않는 말도 자주 한다. 난감해지면, 어른이 되면 말해줄게, 라고 한다. 그럴 때 풍기는 거슬리는 분위기가 꼭 배우 같다. 친구는, 네 어머니 고우시다 그러는데 한밤중에 보면 눈코입이 부리부리해서 마녀 같다. 그런 주제에 내 코가 낮다고 투덜댄다. 그러다가 또 "그래도 히나는 참 귀여워" 하며 몇 번이고 주문을 왼다.

나는 종종 오디션에 끌려 다닌다. 넓은 회장에 비슷한 나이의 아이들이 줄줄이 서 있다가 한 사람씩 앞으로 불려 나가고, 불빛이 강하게 비춘다. 심술궂은 웃음을 띤 아저씨들이 좋아하는 과목이나 특기 같은 것을 묻는다. 방긋방긋 웃으며 씩씩하게 대답하라지만, 그럴 때면 위가 꽉 죄어오는 것 같다. 너무 무서운 나머지, 천장이 빙빙 돌고 구역질이 난다.

나는 학교를 너무 자주 빠지는 통에 공부는 못하지만, 반 아이들보다 말을 많이 안다고 생각한다. 단어 수가 아니라 그 뜻이나 맛을 잘 안다. 예를 들어 실망이라든가, 굴욕이라든가, 수치라든가, 후회라든가, 고독이라든가. 나로 말하자면, 그 말들을 입에 넣고, 씹고 또 씹고, 눈물이 번질 만큼 쓴 그 맛을 혀에 배어들게 하면서 겨우 삼켜왔으니까. 그리고 삼킨 다음에도 그 말들은 나의 내장을 마구 휘저었으니까. 정말이지, 아주 잘 안다.

엄만 있지, 예쁜 널 모두에게 자랑하고 싶어. 그러니까 좀더 노력해봐. 좀더 밝고 씩씩하게 말을 하면 분명 잘 풀릴 거야. 괜찮아, 넌 누구보다 예뻐. 너처럼 속눈썹이 길고 눈이 크고 살결이 흰 아이는 여기에 없어. 너처럼 여자애다운 색깔이 잘 어울리는 인형 같은 아이는 없어. 새빨간 꽃처럼 예뻐. 자, 자신을 가지고 잘 좀 해봐.

옷장에는 빨간색과 핑크색 옷밖에 없다. 레이스가 달렸거나 몇 겹으로 층이 진 치마와 원피스뿐이다. 여름엔 덥고 답답하다. 조금이라도 옷을 더럽히면 혼이 난다. 가루분 냄새 나는 화장까지 시킨다. 다리에 상처라도 내고 오면 족히 한 달은 놀러 나가지 못한다.

하지만 그 사람은 뭔가 잘못 생각하고 있다. 분명 인형 같은 차림새가 내게 잘 어울리기는 하지만, 오디션에서 뽑히는 애들은 좀더 팔다리가 길쭉하게 뻗은 씩씩한 애들이었다. 주렁주렁 치장한 나는 어딘지 촌스러웠다. 한번은 소곤대는 소리를 들었다.

"저애 말이야, 예쁘긴 한데, 왠지 좀 그로테스크하지 않니?"

그로테스크. 빨갛고 물컹물컹하고 구역질이 날 것 같은 느낌. 뜻은 잘 모르겠지만, 꺼림칙한 분위기는 느낄 수 있다. 그 사람에게 어울리는 말.

그리고 나도, 그로테스크하다니.

숨쉬기가 괴로워졌다. 닥치는 대로 가위질을 하고 싶어졌다.

그 말이 내 귀에 찰싹 달라붙어, 웃을 때마다, 포즈를 취할 때마다, 몸을 움직이지 못하게 붙들어맸다.

반 년 전쯤, 나는 오디션장 화장실에서 기어이 토를 하고 말았다. 아침부터 배가 아팠는데, 그 사람은 괜찮다며 억지로 나를 오디션장에 끌고 갔다. 자기 배도 아니면서 어떻게 알아? 아니나 다를까, 나는 움직일 수 없었다.

나는 차가운 화장실 바닥에 주저앉아 울었다. 바늘처럼 가는 그 사람의 힐을 노려보며, 내가 일어나나 봐라 하는 마음으로 일부러 엉엉 울어댔다.

그날부터 오디션은 보러 다니지 않는다. 끈질긴 엄마니 또 언젠가 시작되긴 하겠지만.

학교에서 돌아오니 식탁 위에 쪽지가 놓여 있었다. 전자레인지로 우유를 데우고 접시 위에 놓인 쿠키를 씹으며 읽는다. 주문해둔 꽃다발을 찾아줘, 라고 적혀 있다. 또다, 싫어 크게 한숨을 쉬었다.

무릎에 떨어진 쿠키 부스러기를 털고 일어난다. 얼른 끝내버려야지. 바닥에 벗어던진 코트를 집다가, 이를 닦지 않았다는 생각이 든다. 양치질을 잊어버리면 실컷 혼이 난다. 나는 찬장을 들여다보았다. 아직 쿠키 상자가 남아 있다. 갔다 와서 좀더 먹고, 그리고 나서 이를 닦아야지. 요즘 나는 무척 배가 고프다.

나는 핑크색 코트를 입고 현관을 나갔다. 깃에 달린 털이 목을 간질인다. 바삭바삭 찬 공기 속에서 근처 꽃집으로 향한다.

오디션에 가지 않게 되자 엄마는 작전을 바꾸었다. 나를 데리고 나다니기 시작한 것이다. 피아노 선생님 연주회라든가, 연극하던 시절 동료들 파티라든가, 아는 사람 사진전이라든가. 거기서 내게 꽃다발을 들게 하고 여러 사람에게 소개한다. 모두들 "참 예쁘네" 하며 머리를 쓰다듬어주지만, 나는 그 사람이 시키는 대로 애써 웃음을 짓느라 누구의 얼굴도 기억하지 못한다. 어른들이 좋아할 만한 말도 하지 못한다. 그래도 오디션보다는 참을 만했다. 그 사람은 내가 칭찬을 받을 때마다, 새빨간 입술로 웃었다.

근처 꽃집은 동화책에 나올 법한 예쁜 가게다. 흰 벽에 덩굴이 엉켜 있고 지붕은 파란색이다. 잡지에 나온 적도 있는지, 항상 여자들이 안을 들여다본다. 벌써 가게 사람이 내 얼굴을 기억하고 말았다.

유리문을 열자 웬일로 손님이 아무도 없었다. 안쪽에 점원이 쭈그리고 앉아 있는 모습이 보인다. 아직 내가 들어온 걸 모른다.

천천히 가게 안을 돌아보며 걸었다.

입구 바로 옆에 커다란 화분이 여러 개 놓여 있다. 괴물처럼 삐죽삐죽한 식물이 가득하다. 모두 짙은 녹색. 이곳은 따뜻하다. 하지만 안쪽으로 들어가면 축축한 공기가 흐른다. 녹색이 가득 차면 공기가 마치 민트처럼 시원하다. 역시 이를 닦고 올 걸 그랬다.

꽃다발용 꽃들은 커다란 유리 진열장 안에 들어 있다. 살짝 흐릿해진 진열장 안의 꽃들을 바라보았다. 오렌지, 핑크, 연보라, 빨강, 노랑. 그리고 흰색. 나는 흰 안개꽃을 바라보았다. "수수해서 꼭 조연 같은 꽃"이라며 그 사람이 싫어하는 안개꽃. 하지만 진열장 안에서는 모든 꽃들이 봉오리를 꼭 닫아 그저 고요하다.

"자고 있는 거야."

깜짝 놀라 뒤를 돌아보았다. 발소리를 듣지 못했다.

남빛 앞치마를 두른 짧은 머리의 여자가 서 있었다. 무척 날씬하다.

처음 보는 점원이었다. 나를 보고 눈을 가늘게 뜨며 살포시 웃는다. 문득, 아버지가 떠올랐다. 웃는 모습이 닮은 걸까.

"꽃다발을 만들기 전에 피지 않게, 차갑게 해서 재우는 거야."

나는 시선을 아래로 떨구었다. 빨간 리본이 달린 에나멜 구두가 눈에 들어왔다.

"히나, 맞지? 쇼지 씨네 따님. 꽃 가지러 온 거야?"

내가 고개를 끄덕이자, 점원 언니는 카운터를 돌아 뒤쪽 유리 진열장에서 오렌지색 꽃다발을 꺼냈다. 해 같은 꽃들이 활짝 피어 있다. 흰 안개꽃이 그 주위를 수줍은 듯 둘러싸고 있었다.

"고마워요."

나는 작게 말하고 받아 든다. 언니의 손가락은 가늘고 차가웠다.

"인형처럼 예쁜 애가 가지러 올 거라더니 정말이네?"

언니가 나를 보고 웃었다. 나는 마음이 뒤숭숭해져 꽃다발을 가슴 앞에서 꼭 잡았다. 묵묵히 등을 돌리고 입구를 향해 발걸음을 서둘렀다.

"기다려."

언니가 큰 소리로 나를 불렀다. 가벼운 발소리가 쫓아온다. 그러곤 유리문에 손을 댄 내 앞으로 핑크색 장미꽃을 불쑥 내밀었다.

"이거 있지, 피어버려서 팔지 못하는 거야. 네게 줄게. 잘 어울리니까."

오렌지색에 가까운 핑크였다. 내 코트 색처럼 유치하지는 않은 차분한 색. 장미 줄기는 언니 손처럼 차가웠다. 비누 냄새 같은 것이 살랑 풍겨왔다.

나는 고개만 끄덕 하고는 빠른 걸음으로 집을 향했다. 꽃다발을 끌어안고 회색 콘크리트를 내려다보며 걸었다.

장미를 건네주었을 때에 보인 언니의 흰 목과 가슴이, 머릿속에서 깜빡깜빡 흔들렸다.

"새로운 점원이 왔던데?"

내 머리를 마는 엄마를 거울 너머로 바라본다. 엄마는 심각한 얼굴로 내 머리에 고데기를 대고 있다. 치직, 하는 작은 소리가 날 때마다 목 뒤쪽에 소름이 돈다.

"움직이지 마."

엄마가 내 어깨를 쓰다듬는다. 그러고 나서 미간을 조금 찌푸렸다.

"어느 가게? 남자? 너에게 말을 걸었어?"

학교 밖에서 남자와 말을 섞게 되면 엄마에게 꼭 얘기하라고 한 적이 있다. 나는 고개를 흔들었다.

"움직이지 말라니까."

이번에는 재빨리 말했다.

"여자. 꽃집에."

"아아."

엄마가 높은 목소리를 냈다.

"그 머리 짧은 남자 같은 애? 이 주 전쯤에 들어온 모양이던데? 보기엔 그래도 꽤 나이가 많은가봐. 좀 특이하더라. 애인도 없는 것 같고, 누구 소개해줄까 했더니 그런 덴 흥미가 없다나."

나는 거울에 비친 엄마의 웃는 얼굴을 노려보았다. 엄마는 남 얘기를 할 때만 생기발랄하다. 잇몸을 드러내며 끈적끈적하게 웃는다. 그런 얼굴을 한 엄마가 나를 만지지 말았으면 좋겠다. 게다가, 언니는 남자 같지 않다.

"자, 다 됐어."

엄마가 어깨를 안고 뺨을 대려고 다가온다. 빨간 손톱이 퍼프소매 블라우스에 파고든다. 거울에는 꼭 닮은 우리가 비친다. 빙글빙글 말린 머리, 짙어진 속눈썹, 다듬은 눈썹. 기름진 붉은 입으로 엄마가 웃는다. 그로테스크. 그 말이 달콤한 향수와 함께 휘감겨 몸이 무거워진다.

나도 크면 엄마처럼 될까? 아빠 아닌 남자와 사이좋게 지내는, 언제나 몸을 꼬아대며 끈적끈적 웃는 그런 여자가 될까?

그러면서 엄마는 내가 남자를 가까이하는 걸 허락하지 않는다. 작년에 유코와 밸런타인데이 초콜릿을 만들었다가 뺏겼다. "친구들끼리 주고받는 초콜릿이야, 다 같이 서로 주는 거라니까"라고 해도 들어주지 않았다. 덕분에 나는 따돌림을 당했다.

엄마는 나를 사립여중에 보내고 싶었던 모양이다. 그렇지만 나는 성적도 좋지 않고 우리 집엔 돈도 없어서 들어가지 못했다. 그래서 엄마는 무척 경계하고 있다.

나는 엄마가 무엇을 경계하고 있는지 알고 있다. 하지만 모르는 척한다.

그리고 언젠가 끈적끈적 휘감기는 엄마의 손에서 도망칠 작정이다. 아빠와 또다시 '눈꽃'을 볼 것이다. 매해, 봄이 가까워질 때마다 생각한다. 하지만 점점 엄마를 닮아가는 나를 보고 있으면, 몸이 나른해지며 마음이 시들시들해지고 만다.

"자, 가자."

엄마가 들뜬 목소리로 말한다.

"잘 들어. 엄마가 소개할 테니까 활짝 웃으며 꽃다발을 건네는 거야. 그 사람, 화가거든. 괜찮아, 히나는 정말 예쁘니까 자신 있게 해.

잘하면 모델로 뽑아줄지도 몰라."

나는 손을 뻗어 소파 위에 있는 꽃다발을 쥔다. 노란색과 오렌지색 꽃은 저녁 무렵보다 활짝 피어 있었다. 엄마처럼 들떠 보인다. 나는 일부러 난폭하게 꽃다발을 끌었다.

그때, 반짝반짝 빛나는 것이 꽃다발에서 떨어져 카펫 위를 굴러갔다.

주워보니 작은 진주 귀걸이였다. 살짝 찌그러진 모양의 진주는 희고 조용히 빛나고 있었다. 언니의 흰 목덜미가 떠올랐다.

엄마가 현관에서 새된 목소리로 불렀다. 나는 귀걸이를 손수건에 감싸 주머니에 넣었다.

다음 날, 학교가 끝나고 집으로 가는 도중에 꽃집에 들렀다.

꽃집 옆에는 커다란 차고가 있다. 벽에 달린 선반에는 여러 가지 도구며 액체가 든 병 같은 것이 줄지어 놓여 있고 바닥에는 흙과 모래와 비료가 든 부대자루가 있다. 차고 안쪽에서 언니의 짧은 머리가 움직이는 모습이 보였다. 호스로 물을 뿌려, 큼직한 화분이며 플랜터를 씻는 것 같았다.

나는 차고에 항상 세워져 있는 경트럭 옆을 스쳐 지나 다가갔다.

언니는 내가 오는 것을 보고 물 뿌리기를 멈췄다. 목에 갈색 머플러가 돌돌 말려 있었다. 언니는 빨갛게 된 코를 문지르며 나를 보더니 눈을 가늘게 뜨고 웃었다. 차고 안은 싸늘했다.

"오늘은 빨간색 코트를 입었네, 빨간색 가방에다. 빨간 모자 아가

씨 같다."

나는 말없이 장갑을 벗은 후 주머니에서 손수건을 꺼냈다. 손바닥에 진주 귀걸이를 올려놓고 "이거" 하고 쑥 내밀었다.

언니는 순간 멍해진 듯하다가 "아아!" 하고 소리치고는 웅크려 앉았다.

"고마워! 한참 찾았어. 다행이다, 어디 있었어?"

"꽃다발 안에."

나는 작은 목소리로 말했다.

"그렇구나, 정말 고마워. 일부러 가져다줘서."

언니는 목장갑을 벗고 귀걸이를 꼈다. 희고 예쁜 귓불이었다.

"그런데 내 건 줄 어떻게 알았니? 가게에 가서 물어봤어?"

나는 고개를 저었다.

"그냥 그럴 것 같아서."

흰색이 어울리니까, 라고 생각했지만 그 말은 입 밖에 내지 않았다. 대신 "어젠, 장미꽃 고마웠습니다" 하고 머리를 숙였다.

"근데," 언니가 일어서며 말했다. 날씬한 청바지 차림의 다리가 쭉 뻗는다.

"장미를 별로 안 좋아하는 것 같더라."

뜨끔했다. 언니는 신경 쓰지 말라는 듯 웃었다. 가만히 내 눈을 들여다보며, 목을 기울여 천천히 웃는다. 역시 아버지와 몸짓이 같다.

"난, 벚꽃이 좋아요."

그만, 중얼대고 말았다. 언니의 눈이 한순간 흐려졌다. 눈을 깜박이는 사이 사라져버릴 만큼의 한순간.

"아, 벚꽃. 벚꽃은 온실에서 키우지 못하니까 늘 있는 게 아니야. 하지만 이제 곧 벚꽃 계절이니까 들어오면 그때 줄게."

언니는 밝은 목소리로 그렇게 말하더니 호스를 잡고 "아, 하지만" 하고 덧붙였다.

"벚꽃이라면 거리에 핀 걸 보는 게 낫겠지? 이 동네에는 벚꽃이 많이 피니까."

나는 고개를 흔들었다.

"여기로 보러 올게요."

그렇게 말하고 경트럭 옆을 스쳐 지나갔다. "또 보자" 하는 목소리가 물소리와 함께 들려왔다.

엄마가 밤에 일을 나가지 않는 날에는 같이 목욕을 한다.

우리 집 욕실은 싸구려 은색에 네모난 모양이다. 창도 없고 둘이 들어가면 좁아서 숨이 막힌다.

나는 목욕을 좋아하지 않기 때문에 저녁식사를 마치면 텔레비전 앞에서 잠이 든 척한다. 그러면 엄마가 팔을 잡아끌며 깨운다.

여자애가 목욕은 매일 해야지, 꾸물대지 말고 빨리 들어가자니까.

그 새된 목소리와 늘어진 흰 살덩어리가 싫다. 그 사람은 온몸이 다 물컹물컹 부드럽다. 거품투성이가 된 빨간 손톱이 뻗어와 내 몸을 점검한다. 보는 게 아니라 점검이다. 오라이, 오라이 하고 외치는 작업복을 입은 사람들과 다름없는 눈.

엄마가 밤에 가게에 나가고 집에 없을 때면 숨쉬기가 편해진다. 그 눈이 내게 닿지 않기 때문이다. 나를 감시하는 그 눈이.

엄마가 늦게 들어오는 날에는 가끔 꽃집에 가게 되었다. 가게가 끝나고 나서도 언니들은 늦게까지 일을 했다. 특히 머리가 짧은 그 언니는 종종 늦게까지 남아 아픈 식물들을 돌보거나, 화분갈이를 하거나, 두꺼운 도감을 펴고 공부를 했다. 내가 유리문 안을 들여다보면, 안에서 달려나와 나를 들여보내준다. 코코아를 만들어주기도 하고 과자를 꺼내주기도 한다. 스토브 위의 갈색 주전자에선 언제나 흰 김이 슉슉 나왔고, 그걸 보고 있으면 마음이 편해졌다.

"벚꽃은 아직 안 나왔어."

언니는 내 얼굴을 보면 꼭 그 말을 했다.

어느 날, 언니가 내게 물었다.

"왜 벚꽃을 좋아하니?"

그날 언니는 몸이 좋지 않아 보였다. 평소보다 훨씬 창백한 얼굴에, 허리를 두드리기도 하고, 탕파를 배에 대기도 했다. 집에 갈까 싶었지만 언니가 녹차라테를 만들어주어서, 집에 가겠다는 말을 꺼내기가 힘들어져버렸다.

"그냥 왠지."

나는 따뜻한 머그컵을 감싸 쥐고 대답했다. 아버지에 대해선 다른 사람에게 말한 적이 없었다. 성이 바뀌었을 때도, 이웃들이 묻기도 하고 반 남자애들이 놀리기도 했지만 모르는 척했다. 언니는 미간에 손을 대고 눈을 감았다.

"힘들어?"

"응, 좀. 배가 아파. 자주 있는 일이니까 괜찮아."

언니는 아주 조금 웃었다. 입술이 보라색이었다. 나는 허리를 세우며 말했다.

"언닌 벚꽃 같아."

언니가 그 소리에 기운이 났으면 했다. 그런데 언니는 잠깐 입을 다물더니 "벚꽃 말이지" 하고 얼굴 반쪽만 웃었다. 엄마한테서 가끔 보이는, 가슴에 뭔가가 걸린 듯한 웃음과 닮았다. 여자들은 왜 이런 식으로 웃는 걸까?

"'소메이요시노'라고 아니? 제일 많이 재배되는 인기 있는 연분홍색 벚꽃이야. 학교나 공원이나 가로수 길에 있는 건 대부분 이 벚꽃이란다. 참 예쁜 꽃이지. 그런데 실은 있지, 그건 다 클론이야. 클론 아니?"

나는 고개를 끄덕였다. 영화에서 들어본 적이 있다. 하지만 식물과는 관련이 없어 보이는 말처럼 느껴졌다.

"'소메이요시노'는 사람 손으로 만들어진 벚꽃이야. 그 때문에 스스로는 자기 아이를 못 만들지. 그걸 자가불화합성이라고 해. 대신 꺾꽂이 같은 걸로 수를 늘리는데, 그래서 다들 한 나무에서 생겨난 같은 나무인 셈이야."

언니는 자기 머그컵을 들어올렸다. 양손으로 감싸 입에 대고, 마시지는 않은 채 말한다.

"그 사실을 알고 끔찍하다는 생각을 했어. 그렇잖아, 봄 경치를 온통 뒤덮어버릴 만큼 많이 피는 게 전부 한 개체에서 나왔다니. 똑같은 사람이 세상에 가득하다면 소름 끼치지 않을까? 나무라서 다들 못 느낄 뿐이야. 왠지 불길해."

언니는 어디를 보는지 알 수 없는 눈을 했다.

"불길해?"

내가 중얼거리자 언니가 갑자기 얼굴을 들어올렸다.

"징그러운 걸 더 질퍽질퍽하게 만든 느낌? 무척 부자연스럽고 끔찍한 그런 거."

나는 그로테스크라는 단어를 떠올렸다. 고개를 숙이자 녹차라테의 연두색이 눈에 들어왔다. 갑자기 입 안이 텁텁해져서 마시고 싶은 생각이 사라졌다.

"미안, 이상한 얘기를 해서."

언니가 내 얼굴을 들여다보았다. 그 창백한 얼굴을 보고 있으니 가슴이 죄어왔다. 언니는 벚꽃을 싫어한다. 나는 억지로 녹차라테를 다 마시고 둥근 의자에서 뛰어내렸다.

"잘 마셨습니다."

머그컵을 돌려주고 언니 얼굴을 보지 않은 채 밖으로 나왔다. 평소 같으면 밝은 목소리의 인사가 들려오는데, 오늘은 뒤쪽에서 식물의 차가운 공기만 느껴졌다.

밖은 완연히 남빛이었다. 나는 장갑도 끼지 않은 채 집을 향해 달렸다.

목조 아파트 앞에서 흠칫 발을 멈췄다. 집 창문에서 불빛이 새어 나오고 있었다. 살짝 손잡이를 돌리자, 삐걱대는 소리를 내며 문이 열렸다. 나는 까치발을 하고 안으로 들어갔다.

엄마는 소파 위에 뻗어 있었다. 하지만 눈에 핏발이 선 상태였다. 엄마가 아무 말 없이 손짓으로 나를 불렀다.

흠칫 놀라 다가가자 빨간 손톱이 뻗어와 내 턱을 잡았다.

"입가에 있는 이 녹색은 뭐야? 칠칠치 못하게."

축축한 술 냄새가 훅 끼쳤다. 손톱이 뺨을 파고들어 말을 잘 할 수 없었다.

엄마는 티슈로 내 입가를 벅벅 문질러 닦았다.

"어디 갔었어, 이렇게 늦게. 어두워진 다음에 밖에 나가면 안 된다고 몇 번 말했니?"

나는 겨우겨우 엄마 손을 뿌리치고 작은 목소리로 말했다.

"유코네 집에…… 녹색은 녹차라테를 마셔서……"

"정말?"

아래를 보고 있어도 엄마가 어떤 얼굴인지 알 수 있다. 가시 돋친 목소리였다.

"정말이야."

"유코 집에 전화해서 물어봐도 되지?"

"근데 가족들이 다 외출한다고 했어."

나는 당황해서 얼굴을 들었다. 엄마는 눈을 부리부리하게 떴다. 화장이 평소보다 짙어 보였다. 진짜 마녀 같았다. 주위 공기에도 진득진득한 것들이 가득 들어찼다.

언니가 말한 '불길'이라는 단어를 떠올린다.

"거짓말이면 안 봐줄 거야."

"거짓말 아냐."

"다들 거짓말쟁이들이라니까. 히나만큼은 엄마한테 거짓말 하지 마."

"거짓말 아니라니까."

"그럼 됐고. 그 남잘 닮으면 안 돼. 그 남자도 결국 다 거짓말이었으니까. 입만 살아서 아무런 보탬이 안 됐어. 히나는 엄마를 닮아야 해."

녹을 것 같은 어투로 엄마가 말한다. 이렇게 되면 엄마는 같은 말을 반복하기 시작한다. 아버지 험담을 듣고 싶지 않았다. 나는 "이제 자야겠어" 하고 중얼거렸다.

"목욕은 안 하고?"

"배 아프다고!"

나는 달려가 이불 속으로 파고들었다. 엄마는 아직도 무슨 말인가를 하고 있다. 하지만 소파에서 일어나지 못하는 것 같다. 나는 귀를 틀어막고 입을 꽉 다물었다.

다음 날이 되자 아침부터 몸이 무거웠다. 돌이 들어찬 것처럼 아랫배가 묵직했다. 요즘에는 많이 먹지도 않는데 급식 밥 냄새만 맡아도 토할 것 같았다. 그리고 점심이 지나도록 졸렸다.

수업이 끝나 청소를 하는데, 팬티 안에서 미끌미끌한 느낌이 들었다. 뜨뜻미지근했다. 나는 빗자루를 제자리에 갖다놓고 화장실로 달려갔다.

조심스레 팬티를 내리자 한가운데에 붉고 검은 얼룩이 져 있었다. 심장이 쿵쾅쿵쾅 큰 소리를 냈다. 심장이 입 밖으로 튀어나올 것 같았다. 나는 입을 틀어막고 주저앉았다.

생리에 대해서는 알고 있었다. 같은 반에는 이미 시작한 애들도 있었다. 오래전 가정시간에 '초경과 첫 사정'이라는 수업을 했는데, 마침 그날 나는 대형슈퍼 전단지 촬영으로 학교를 쉬었다. 다음 날 좀처럼 얘기를 나눠본 적 없는 여자애들까지 나서, 거드름을 피우며 수업 내용을 알려주었다. "가방에 생리대를 넣어 갖고 다녀야 해"라며 자랑이라도 되는 양 으스댔다. 내가 무언가를 되물을 때마다 꺄악꺄악 하며 시끄럽게 굴었다. 모두들 싫어하면서도 흥미로워했다. 바보 같았다. 몸이 아기 만들 준비를 하는 것뿐인데. 그런 거, 훨씬 전부터 알고 있다.

엄마는 내가 생리 시작하는 걸 두려워했다. 내가 자라서 자기를 닮으면 남자랑 도망칠 거라고 생각한다. 엄마는 나를 사랑하는 게 아니다, 혼자가 되는 게 두려울 뿐이다. 그래서 늘 내 모습을 점검한다. 바보같이, 바보같이. 나는 아무것도 변하지 않는다. 변하고 싶지 않다. 소리치고 싶다. 간살스러운 목소리를 내는 그 사람에게, 시끄럽게 구는 여자애들에게 소리치고 싶다. 섹스잖아, 섹스. 무서워 입에도 못 담는 주제에 늘 머릿속에 담고 있는 건 섹스잖아. 사랑이니 뭐니 해도, 잘못하면 애가 들어서는 멍청한 섹스. 난 그런 거 안 무서워. 그 무엇에도 얽매이지 않을 거야. 사랑 따윈 필요 없어, 아무것도 필요 없어, 이대로가 좋아. 날 가만히 내버려둬.

내가 무서운 건 단 하나다.

생리대가 없어서 휴지를 돌돌 말아 팬티에 끼웠다. 휴지는 딱딱했고 팬티가 흉하게 부풀어 올라 걸을 때마다 버석거렸다. 교실에도 부드러운 티슈는 없었다. 쏠리는 게 아파서 천천히 걸어 하교하는 동안 목이 막히는 기분이었다. 비참했다. 비참하다는 말을 나는 안다. 오디션에 떨어진 후 잰걸음으로 걷는 엄마 뒤를 필사적으로 쫓아갈 때의 기분.

하지만 지금이 더 비참하다. 같은 기분에도 깊이가 있다. 그런 생각을 하는 순간, 눈물이 나올 것 같았다.

길을 꺾었다. 꽃집 쪽으로 내 발이 향했다.

유리문을 열자 언니는 손님과 얘기를 나누고 있었다. 양복을 입은 남자였다. 당황해서 눈길을 피하고 만다. 언니의 웃음소리가 귓가에 들려왔다.

문 옆에 있는 남쪽 나라의 커다란 식물들을 바라보았다. 깊은 붉은색 바나나 꽃이 늘어져 있었다. 남쪽 나라의 식물들은 게임에 나오면 적으로만 보일 테지, 하고 늘 생각한다.

문득, 스트레리치아가 피어 있는 게 보였다. 언니가 "극락조화라고도 해. 굉장한 꽃이 핀단다" 하고 말하던 식물. 나는 화분에 다가가 등을 펴고 꽃을 바라보았다.

옆쪽으로 뻗은 커다란 핑크색 칼집 같은 것에서 선명한 노란색 꽃잎이 불쑥 튀어나와 있었다. 핑크색과 보라색 꽃잎도 보였다. 꽃잎이라지만 부드러운 느낌은 아니었고 플라스틱으로 만들어진 것 같았다. 투명한 꿀 같은 것이 칼집의 갈라진 곳에 방울져 있었다. 외계인 같았다.

스트레리치아를 보고 있으니 그 사람의 화려한 옷과 화장이 떠올랐다. 들큼한 냄새와 끈적끈적한 웃음. 그리고 물컹물컹한 몸도.

나도 그렇게 되어버리는 걸까. 생리가 시작되면 여성스러운 체형으로 변화합니다, 라고 교과서에 쓰여 있었다. 변화. 아랫배에 열이 나면서 묵직해졌다. 내 자신이 엄마처럼 변해버린다면 엄마에게서 도망쳐봐야 소용이 없다.

싫다. 아버지나 언니처럼 청결해 보이는 말끔한 몸으로 있고 싶다. 그로테스크한 꽃은 싫다. 붉은색이나 핑크색도 싫다. 여자다운 색 따위 필요 없다. 나는 흰 벚꽃이 좋다.

나는 가게 밖으로 달려 나왔다.

밖은 서늘하게 추웠다. 어두운 차고 안쪽에 웅크리고 앉으니, 흙과 이끼 냄새가 났다. 발아래 콘크리트에서 차가운 공기가 올라왔다. 식혀줘, 나를 식혀서 원래대로 되돌려줘. 나는 팔에 머리를 묻고 빌었다. 신 따위 없다는 건 알고 있다. 그래도 빌었다. 달리 어떻게 해야 할지 알 수 없었다.

잠시 후, 내 어깨에 차가운 손이 놓였다. 언니였다.

"왜 그래?"

언니는 걱정스럽게 웃고 있다. 회색 나뭇가지를 안고서. 나뭇가지에는 군데군데 연분홍색 꽃들이 피어 있다.

"오늘 들어왔어. 이 주변에선 분명 처음 피는 걸 거야. 어젯밤엔 이상한 말을 해서 미안해. 이거, 히나한테 줄게."

"아니야."

나는 고개를 저었다. 힘껏 저었다.

"이 꽃 아니야! 연분홍색 말고, 내가 좋아하는 건 흰 벚꽃이야. 아버지가 좋아하는 흰 벚꽃. 언니처럼 흰 벚꽃. 하지만 난 글렀어. 생리를 시작해버려서 이젠 난 더러워. 그로테스크하다고."

큰 목소리를 내자 눈물이 흘러내렸다.

언니는 놀란 얼굴을 하고는 "추우니까 안으로 들어가자" 하고 부드러운 목소리로 말했다. 나는 어깨를 움츠리고 고개를 흔들었다.

"좀 기다려."

언니는 차고 밖으로 달려 나가 도감과 무릎 담요를 가지고 돌아왔다. 그러곤 열쇠 다발 소리를 내며 트럭 문을 연다.

"여긴 괜찮지? 들어와."

나는 눈물을 닦고 느릿느릿 일어나 트럭 조수석에 앉았다. 금속 냄새가 났다. 언니가 무릎 담요를 덮어준다. 자기 무릎 위에 도감을 올려 천천히 페이지를 넘긴다.

벚꽃 페이지를 펴고 언니는 손을 멈추었다. 많은 벚꽃 사진이 실려 있었다. 그래도 바로 찾을 수 있었다.

"이거."

내가 손으로 가리키자 언니는 미소를 지었다.

"'오시마자쿠라' 말이구나. 이건 야생종이야. 사람 손으로 만들어진 벚꽃이 아니지. 이 나무를 모종으로 많은 벚나무들이 만들어졌어. 아까 그 '소메이요시노'도 이 벚나무랑 '에도히간'이라는 벚나무의 교배종이지. 사쿠라모치*를 싸는 잎도 이 벚나무 잎이야. 히나는 사쿠라모치 좋아하니?"

언니가 나를 들여다본다. 내가 고개를 끄덕이자 "나도 좋아해" 하고 부드럽게 웃었다. 조금 마음이 놓였다.

―――――――――――
* 소금에 절인 벚나무 잎으로 싸는 찰떡 화과자.

'오시마자쿠라' 사진을 손가락으로 따라 그린다.

"이 벚꽃이 언니랑 닮은 벚꽃이야."

"나랑은 달라."

웃음을 띤 채 언니는 단호하게 말했다.

"난 '소메이요시노' 쪽이야. 아이를 낳지 못하니까. 그래서 남편하고도 헤어졌어."

"이혼했어? 우리 부모님도 그런데."

"응. 그 사람은 아기를 가지고 싶어서 함께 노력해보자고 했지. 지금은 방법이 얼마든지 있으니까. 근데 난 자연스럽지 않다는 생각이 들었어. '소메이요시노'가 봄을 뒤덮는 걸 보고 불길하다는 생각을 했으니까. 나도 똑같아지는 느낌이었어. 왠지, 노력하는 것도 무서웠고. 노력해도 안 되면 어쩌나, 그게 무서웠던 것 같아."

언니는 자기 손을 꽉 쥐고 있었다. 새하얀 손이 떨리고 있었다.

"왜?"

내게서 큰 목소리가 튀어나왔다. 언니가 눈을 크게 뜨고 나를 바라본다.

"언니는 불길하지 않아. 언니는 예뻐. 섹스 같은 걸로 아기를 만드는 게 더러운 거야. 몸이 물컹물컹 부풀고, 흐물흐물한 빨간 피를 흘리다니 끔찍해. 난 그렇게 되고 싶지 않아. 언니는 예뻐. '소메이요시노'도 예쁘잖아. 다들 예쁘다고 생각하니까 많이 심는 거잖아."

언니가 갑자기 나를 끌어안았다. 비누 냄새 같은 창백한 냄새가 났다.

"그렇게 생각하지 마. 지금은 몸의 변화에 마음이 따라가질 못해서 그럴 뿐이야. 분명, 언젠가 히나도 생각할 거야. 여자로 태어나길 잘했다고, 이 변화는 더러운 게 아니라고. 정말 괜찮아질 거야."

그리고 천천히 숨을 내쉬고 내 귓가에 조그맣게 속삭였다.

"그래도 고마워."

언니는 잠시 나를 안고 있었다. 때때로 훌쩍이는 소리가 났고 팔에 힘이 느껴지기도 했다. 언니의 차가운 몸이 점차 따스해지자, 나는 조금씩 졸려왔다. 아버지 무릎이 떠올랐다. 커다란 등에 기대는 걸 좋아했던 것도. 다른 사람과 살이 닿으면 마음이 놓인다. 이제 무서워하지 않아도 된다고 말해주는 것 같다.

날이 저물고, 나는 집으로 돌아왔다.

엄마가 식탁에서 턱을 괸 채 술을 마시고 있었다. 어디를 보는지 알 수 없는 눈으로 눈물을 흘리고 있었다. 분명 견디기 힘든 일이 있었을 것이다. 잘 피우지 않는 담배를 피우고 있다.

나와 눈이 마주치자 엄마는 얼굴을 돌렸다. 늦어진 변명거리를 생각하는 동안에도 엄마는 아무런 말이 없었다. 흰 연기가 주위를 떠다니고 있었다. 더 이상 가까이 오지 말라고 선을 긋는 듯이.

나는 말없이 잠시 동안 엄마를 바라보았다.

"너, 내가 싫지? 좋을 대로 해. 집에 들어오기 싫으면 안 들어와도 되고."

엄마는 연기를 내뿜으면서 쉰 목소리로 말했다.

"그 남자한테……"

엄마는 말을 하려다 말고 술잔을 입으로 가져갔다.

나는 의자를 끌어당겨 엄마 옆에 앉았다. 천천히 손을 뻗어 등을
만졌다. 라메가 섞인 니트가 까끌까끌했지만, 나는 언니가 해준 것
처럼 엄마를 천천히 어루만졌다.

"어머니."

마스카라가 번져 눈물이 검은 선을 그리고 있다. 립스틱도 지워
져 있다.

"괜찮아요, 어머니. 난 아무 데도 안 갈 테니까. 울지 마."

엄마는 놀란 얼굴로 나를 바라보았다. 그리고 담배를 껐다. "뭐
야" 하고 울다 웃으며 내 뺨을 만진다. 나는 활짝 웃어 보인다.

다들 불안한 것이다. 언니도, 어머니도, 나도. 불안하고 쓸쓸해
혼자 있을 수 없는 것이다. 우리는 모두 불길할지도 모른다. 아름다
워지고 싶지만 그렇지 못하니까, 누군가가 괜찮다고 해주지 않으면
안심할 수 없는 것이다.

나는 어제의 나로 되돌아갈 수 없다. 흰 벚꽃처럼은 될 수 없다.

하지만, 이제 슬프지는 않았다.

온 거리가 연분홍색 벚꽃으로 물들 무렵, 언니는 가게를 그만뒀

다. 전에 있던 동네에 돌아가 입원을 한다고 전해 들었다. 내가 잠시 가게에 가지 않은 동안의 일이었다.

하지만 언니는 내게 약도를 남겨두었다.

학교가 쉬는 날, 중학교 교복을 입고 혼자서 그곳을 찾아갔다. 버스를 타고 미술관이 있는 언덕을 넘어서는, 강변을 걸어갔다. 여기저기 벚꽃이 흐드러지게 피어 있었다. 커다란 집들이 줄지은 주택가 안, 공원이 있는 곳에 별 모양이 표시되어 있었다.

시내보다는 서늘한, 인적 없는 공원이었다. 그네도 미끄럼틀도 페인트가 벗겨져 있었다.

공원에 들어간 내 발아래로 흰 것들이 흩어졌다.

녹황색 어린잎에 흰 꽃들. 푸른 하늘에 한 그루만 선명하게 서 있었다. 바람이 불 때마다, 소리도 없이 흰색이 흔들렸다. 아련히 사쿠라모치 냄새가 났다.

"벚꽃엔 향기가 없다고들 하지만, 이 종류엔 꽃이 핀 직후에 향기가 나는 게 있어. '가오리자쿠라'라고도 부르고 '니오이자쿠라'라고도 불러."

언니 목소리가 머릿속에서 울린다. 아버지가 "눈꽃" 하고 말하는 목소리도. 나는 벤치에 앉아, 벚꽃을 올려다본다.

"이름도 참 많이 붙었네."

내가 중얼거리자, 벚꽃도 천천히 흔들리며, 예쁜 흰 꽃잎을 떨어뜨렸다.

괜찮아, 언니. 나는 마음속에서 말을 건넨다. 만약 잘 안 되더라도. 언젠가, 내가 크면 언니 같은 아이를 낳을 거니까. 이 벚꽃처럼 예쁜 아이를. 그러니까, 괜찮아.

흰 꽃이 한 잎, 내 배 위로 내려앉았다.

엘릭시르

エリクシール

술 마시는 매너가 부럽다는 생각을 했다.

그 남자는 목소리가 커지지도 않았고, 마스터에게 푸념을 늘어놓지도 않았고, 홧김에 술을 들이붓지도 않았다. 어깨에 힘이 들어가 있지도 않았다. 천천히 음미하면서, 그저 확실한 속도로 잔을 비운다. 알코올이 몸 안을 감도는 소리를 확인하듯, 카운터에 팔꿈치를 기대 세운다. 때때로 담배에 불을 붙여 연기를 내뿜고는 눈을 가늘게 뜨고 앞을 응시한다.

간간이 마스터와 얘기를 나누고 눈웃음을 짓는다. 자주 오는 손님인 것 같다.

몇 번 눈이 마주치자 "술이 세시네요" 하고 말을 걸게 됐다.

"그쪽이야말로 아까부터 스트레이트로 계속 마시고 있잖아요."

"아."

나는 웃었다.

"난 술 안 취하거든요."

남자가 일어서더니 내 옆 스툴을 끌어당겨 앉았다. 바지를 입었어도 알 수 있는 근육질 허벅지가 스툴 위에서 솟아올랐다.

"그 말, 취하게 해보라는 뜻인가요?"

가늘고 긴 눈에 얕잡아보는 웃음이 빛나고 있었다. 멀리서는 차분한 분위기 때문에 삼십 대 중반쯤 될까 싶었는데, 가까이서 보니 나보다 두서넛은 어려 보였다. 촘촘한 밀색 피부에, 모양 좋은 코가 뾰족한 그림자를 드리우고 있었다. 말을 건 것이 후회가 됐다. 자신만만하고 도전적인 젊은 남자는 별로다.

급속도로 가라앉는 열을 처리하려고 술잔을 기울인다. 혀를 태우는 듯한 독한 액체가 아련히 달콤한 향을 남긴다. 남자는 비죽 웃으며 말을 이었다.

"취하지도 않을 거면서 뭐 하러 이런 델 와요?"

귀찮아져서 아무렇게나 대답을 던졌다.

"남자?"

남자는 웃었다.

"그러는 그쪽은 뭐 하러 왔어?"

"취하러 왔죠."

"나도 같아. 사람은 뭔가에 중독될 운명이라는 말이 있지. 술에 취하지 않는 내가 취하는 건 연애거든."

남자의 입이 조금 벌어졌다. 그런 표정을 하니 더더욱 어려 보인
다. 남자가 얼굴을 구기면서 다시 웃고는 말했다.

"우와, 말을 참 잘하시네. 정말 안 취하나봐요."

아까 같은 무시하는 웃음이 아니라 진심으로 정말 재미있다는 표
정이었다. 귀엽다는 생각마저 들었지만, 인기가 많겠지 하는 마음
에 다시 귀찮아졌다.

"그런데 하나는 거짓말 아닌가? 아니, 너무 포장했다고 말해야
하나?"

"무슨 소리야?"

"취하고 싶은 건 연애가 아니라 섹스 아녜요?"

조심스러운 기색도 없이 내뱉는 말에 어이가 없어 작게 웃어버
렸다.

"초면에 너무 직설적이네."

"그건 그쪽도 마찬가지지."

버번위스키를 스트레이트로 주문하고 우리는 건배를 했다.

그런 식으로 얼굴을 텄기 때문에 나오야와 자는 일은 없었다.

연애란 게 원래 진심은 감추고 분위기만 내비쳐야 즐길 수 있는
법인데, 처음부터 생각을 다 털어놓아버렸더니 남녀 관계가 무르익
지 않은 것이다. 본심을 털어놓고 만 것을 후회하기도 했다. 나를 방
심하게 만들었어, 그런 생각이 들었다. 이럴 땐 위험하다. 방심한 바

로 그 순간이 마음을 주어버렸다는 증거다.

내가 밖에서 남자와 불놀이를 하는 것은, 나오야가 지적한 대로 연애를 하고 싶어서가 아니다. 그렇다고 섹스가 목적이냐 하면, 그것 역시 아니다.

"그럼 뭐야?" 하고 묻기에 나는 준비해둔 대답을 가급적 담담한 어조로 풀어놓았다.

난 타인을 조종하고 싶다. 조종하면서 순간의 관계에 빠지고 싶다. 아무 일 없는 일상을 잊는 것이다. 과거도 미래도 일상의 번잡한 고민도 없이, 그저 육체로서 존재하는 내가 되고 싶다. 섹스를 기대하는 남자가 풍기는 분위기도 좋다. 끈적끈적한 시선, 어줍지 않은 이유를 대며 손이나 허리를 만지고 아쉽다는 듯이 물러나는 몸짓. 그 농밀한 공기에 싸이면 내 몸을 선명하게 느끼게 된다. 밀고 당김과 그 후의 쾌락을 즐기는 것이다. 시간을 보내는 방법이기도 하지만 내겐 자극이 필요하다. 내 가치도 재확인할 수 있다.

그렇게 말하자 나오야는 코웃음을 쳤다.

"너무 머리 쓰는 거 아냐? 취하는 법치고 말야."

"진짜로 이성을 잃어버리면 즐길 수 없잖아. 놀이는 놀이라고 선을 그어야지."

"선을 긋는 것 자체가 취하지 않았다는 증거야. 취한다는 건 얼마나 바보가 될 수 있느냐 하는 거니까."

나오야는 술을 잘 마신다. 그렇다고 물처럼 벌컥벌컥 마시고 취하는 것은 아니다. 술기운이 천천히 몸속에 퍼지게 한다. 그러면 기분이 좋아 보인다. 흔들리는 배를 타고 어딘가로 향하는 얼굴을 하고 있다.

"뭘 위해? 그렇게까지 해서라도 잊고 싶은 게 있는 거야?"

"이거 봐, 또."

나오야는 내 술잔을 손가락으로 찔렀다.

"또 그렇게 의미를 생각하잖아. 모처럼 즐겁게 마시는데. 그게 다 덜 마셔서 그런 거야."

하지만 나는 아무리 마셔도 술로는 취할 수 없었다.

위장이 뜨거워지며 심장과 혈관을 흐르는 피가 커다란 소리를 새긴다. 흐릿한 바의 불빛이 천천히 번진다. 하지만 그뿐. 울거나 웃지 않는다. 즐거워지지도 않는다. 독한 술을 마실수록 고동치는 몸과는 반대로 머릿속은 점점 깨어온다. 모든 걸 내다볼 수 있을 것 같은 느낌이 든다.

단 한 번, 문득 쓸쓸한 기분이 든 적이 있다. 가로등 불이 툭 던져진 어두운 길가의 맨홀 위를 지나갈 때였다.

그때는 앞으로 관계가 진척될 것 같은 남자와 술을 마시고 집으로 돌아가는 길이었다. 남편이 귀가하기 전에 집에 들어가려고 택시를 내려 종종걸음으로 집 앞 언덕을 오르고 있었다.

맨홀 아래에서 거침없이 흐르는 물소리가 들려왔다.

어느 집 목욕탕 물이었을 것이다. 발아래서 따뜻한 공기가 피어오르고 깨끗한 비누 냄새가 났다. 발아래로 물은 막힘없이 흘러갔다.

집에 돌아가 샤워를 할 생각이었다. 그러나 그렇게 물 흐르는 소리를 듣자, 이런 식으로 모든 게 다 흘러가버리는 것이라는 생각에 걸음이 멎고 말았다. 어두운 맨홀 안에서 아무도 모르게. 내 마음도, 내 시간도, 모든 것이 이대로. 들떠 있던 기분이 가라앉고, 견딜 수 없이 쓸쓸해졌다.

나오야는 취해 없애버린 시간을 아깝게 생각한 적이 없을까? 그런 걸 물어봐야 "또 어렵게 생각한다"며 웃어넘기겠지만.

남편과는 친구 소개로 만났다. 열 살이나 위였고, 결혼한 적이 있었지만 신경 쓰지 않았다. 불룩 나온 배도 봐줄 만했다. 그는 왠지 많은 것들을 허용하는 분위기를 풍기는 사람이었다.

"가위표 하나*라는 말은 너무 부정적이잖아요. 왜 그렇게 확실히 '가위표'라는 단어를 써야 하는지 모르겠습니다. 헤어지는 게 꼭 나쁜 방향이라고만 잘라 말할 수도 없는데. 긴 인생, 앞으로 어떻게 될지 알 수 없잖아요."

태평스러운 목소리로 그는 그렇게 말했다.

나중에 친구에게서 이전 아내와는 이혼이 아니라 사별이었다는 말을 듣고 더욱 호감을 갖게 되었다. 서른이 코앞이라는 초조함이 있었다는 사실은 부정할 수 없다. 결혼 얘기는 물 흐르듯 진행되었다.

---

* 일본어는 이혼 내력을 '가위표 하나' '가위표 둘'이라는 식으로 표현한다.

뭔가 좀 이상하다고 느낀 건 결혼을 하고 난 이후였다.

남편은 변함없이 평온한 목소리로, 집에서 잘 차린 양식을 먹고 싶다는 말을 꺼냈다.

"이탈리아 요리나 프랑스 요리 같은 거? 조리 기구부터 사야 하는 거 아냐?"

"응, 그런데 실은 전부 다 있어. 요리책도 많고."

나는 집에서는 일반적인 식사를 하면 되고, 잘 차린 요리는 외식을 하면 된다고 생각하는 타입이었다. 양식은 요리사가 만든 게 훨씬 맛있고, 매일 하는 식사에 그런 시간과 노력을 쏟을 필요가 있을까 고민했다. 게다가 조리 기구나 레시피는 이전 아내의 것이 아닐까 하는 생각이 불현듯 스치기도 했다.

내 어두운 분위기를 간파했는지 남편이 웃으며 말했다.

"아니, 억지로 하라는 건 아니야. 신경 쓰지 마."

남편이 그렇게 아무렇지 않은 얼굴을 하니, 내가 못된 생각을 했나 싶어졌다. 남편은 늦게 들어오는 날이 많아, 외식을 하러 밖에 나가기보다는 집에서 편안히 식사를 하고 싶은 것이라고 마음을 고쳐 먹었다. 마침 일도 그만둔 터라 시간적 여유도 있었기 때문에, 나는 요리 교실에 다니기로 했다.

설거지거리가 개수대에 넘쳐나도록 나는 이름도 어려운 요리들을 만들어나갔다. 원래 형태가 사라질 만큼 끓이고 으깬 점토 공예 같은 음식들을 남편은 기쁜 듯 먹어주었다.

그리고 그 이후, 남편은 종종 내게 참견을 하기 시작했다.

레깅스를 내복 같다고 하고, 레페토에서 산 발레슈즈를 실내화 같다고 하고, 남편 친구에게 한 말들에 대해 "설마 그런 식으로 말할 줄은 몰랐는데" 하며 쓴웃음을 짓기도 했다. 웃음기를 거두지는 않았지만 못마땅해하는 것을 단박에 알 수 있었다. "좋을 대로 해"라고 말했지만, 같은 집에 사는 사람이 아닌가. 마음에 들지 않는 것보다는 마음에 드는 편이 서로 편하다.

비교적 캐주얼한 차림으로 다니던 내가 어느새 백화점풍으로 변했다고 친구가 말했다.

"그래도 예뻐지는 건 나쁜 게 아니니까."

친구는 그렇게 둘러댔지만 솔직히 그렇게 생각되지는 않았다. 그리고 그 무렵부터 남편의 미소가 갑갑해지기 시작했다. 방과 옷장을 둘러보니 결혼 전에 산 옷들은 거의 없었다. 남편 뜻대로 사들인 옷과 구두는 모두 세련됐어도 어색한 기분이 들었다. 왠지 내게 어울리지 않는 듯했다. 하지만 남편은 "어울린다"며 기쁜 듯 칭찬해주었다.

어느 날, 남편이 도시락을 놓고 갔다. 전에 잊고 갔을 때 쉬는 시간에 일부러 집으로 돌아오는 일이 있었기 때문에 이번에는 내가 연구실까지 직접 갖다 줘야겠다고 생각했다.

수위에게 연구실 위치를 묻고 색 바랜 대학 복도를 걷고 있을 때였다. 가운 차림에 안경을 쓴 여자와 스쳐 지나는데, 그 여자가 갑자기 눈을 크게 떴다.

"어……?"

귀신을 보는 눈이란 이런 눈을 말하는 걸까 하는 마음이 들었다. 여기에 있을 리 없는 사람이 어떻게 여기에? 여자의 눈은 그렇게 말하고 있었다. 거부감과 곤혹스러움이 가득했다. 반쯤 벌어진 여자의 입술이 아주 조금 움직였다.

지나친 과잉반응에 연구동에 들어와서는 안 되는 걸까 싶어 불안해졌다.

"저기…… 오카다 이쿠오 씨의 아내인데요."

갑갑한 공기 속에서 어떻게든 말을 끄집어냈다. 남편 이름을 댄 순간, 여자 얼굴이 확연히 굳어졌다. 만들어낸, 딱딱한 웃음이 얼굴에 드러났다. 명찰에 남편의 연구실 이름이 적혀 있었다.

"아, 죄송합니다. 분위기가 아는 사람과 너무 닮아서요."

여자는 나의 눈길을 피하더니 머리를 숙인 다음 당황스러운 모습으로 멀어져갔다. 순간, 내 머릿속에 여자의 입술의 움직임이 되살아났다. 그 입술은 "미사 씨"라는 입 모양을 그리고 있었다.

이전 아내의 이름이었다.

나는 내 발을 옥죄는 가느다란 크림색 펌프스를 내려다보았다. 과하지 않은 웨이브 머리에 남편이 좋아하는 브랜드의 무릎까지 오는 원피스를 입은 내 모습이 창문에 비쳤다. 마네킹을 닮은 여자가 나를 향해 천천히 웃고 있었다.

가운 차림의 여자의 크게 뜬 눈과 "미사 씨"라는 입 모양이 빙빙 돌며 머릿속으로 밀려든다. 닮았기 때문이었나? 기쁜 듯 나를 칭찬하는 남편의 얼굴이 떠오르고, 손에 든 도시락이 갑자기 무거워진다. 안에는 남편이 좋아하는 달콤한 계란말이와 연근 조림과 닭고기 미트볼 조림이 들어 있었다. 도시락 반찬은 일본 요리가 좋겠다는 말을 했었다.

심장이 고동쳤다. 둔중한 통증이 삐걱삐걱 소리를 내며 등을 타고 올라온다. 숨이 무겁다.

배신이다.

계속해서 되풀이되고 있던 배신을 이제야 겨우 알아채다니.

상처를 받은 것은 그때까지 성실히 맞춰왔기 때문이었다. 아무런 의심 없이, 두 사람을 위한다는 마음으로 남편의 말을 모두 들어주면서. 그런데 그는 오직 자기만을 생각하고 있었다. 천천히 시간을 들여 나의 색을 뒤덮어 없앤 후 오직 자기만족을 즐기고 있었던 것이리라.

나는 불성실해지기로 마음먹었다. 그가 결코 알아채지 못하게.

남자와 침대에 있는 동안, 나는 남편의 가운 입은 뒷모습을 떠올린다. 시험관 속의 세포와, 우리 안에 있는 실험쥐를 바라보는 옆얼굴을 떠올린다. 당신은 나를 가졌다고 생각하겠지만 모든 걸 꿰뚫어보며 당신을 춤추게 만드는 건 바로 나야, 마음속에서 그렇게 비웃는다. 안 지 얼마 안 된 남자의 체액에 섞이면서, 깨끗한 남편의 가운을 떠올리며, 떨리는 만족감을 맛본다. 이것이 내가 취하는 방법이다.

사실, 남편이 일하는 모습 따위, 본 적도 없다. 부엌에서 꼼꼼한 동작으로 커피를 타는 뒷모습을 통해 상상할 뿐이다.

그날, 나는 남편을 만나지 않고 도망쳤다. 쓰레기통에 도시락을 던져버리려다 꾹 참았다. 그리고 웃는 얼굴로 도시락을 가지러 온 남편을 맞았다.

그때 이미 결심했다.

그 이후, 계속 남편을 배신하고 있다.

같은 상대와는 오래 관계를 맺지 않는다. 연락처도 주지 않는다. 다음 약속을 하지 않으면 그걸로 끝이다. 상대방이 나에 대해 끈질겨지기 시작하면 그것은 도망칠 때다.

다른 남자와의 관계는 바에 술을 마시러 가는 것과 같기 때문이다. 의무나 속박이 생겨버리면 기분 좋게 취할 수 없다. 마스터는 개인적인 질문은 하지 않는 게 원칙이다. 나는 그저 내가 원할 때 가서 남편에 대한 배신을 즐기고 싶다. 사람을 물건 취급 한다고 비난받더라도 상관없다. 나 역시 계속 그런 취급을 받아왔으니까.

누구든 상관없다. 아무것도 묻지 않고 내 머리에 쾌감의 안개를 뿌려준다면. 오히려 특정한 누군가가 생기길 원하지 않는다.

내장이 휘저어지고 교성을 내며 허리를 움직인다. 벌어진 다리

사이에서 짐승의 냄새가 피어오른다. 남자의 가슴에 손톱을 세우고, 볼을 비비고, 폐 속 가득 타인의 냄새를 들이마신다. 눈을 감는다. 그렇게 내 자신을 내보내고 몸만 남긴다.

이것은 복수다. 나는 남편이 만들어낸 완벽한 아내의 가죽을 뒤집어쓴 채, 남편이 가장 원하지 않는 곳으로 간다. 그리고 그 여자가 다른 남자와 함께하는 모습을 바라보며 즐긴다. 그렇게 해서 겨우 내 자신을 되찾는다.

이 이야기는 아무에게도 하지 않았다. 나오야에게도.

나오야는 다른 남자들과 달랐다. 순수한 술친구다. 그는 마주칠 때마다 붙임성 있는 목소리로 말을 걸었다. 귀찮았는데, 어느새 휴대전화 메일 주소*를 알려주고 있었다. 거의 연락은 없다. 한 달에 한두 번, 술 마시자는 메일이 오는 정도다.

나오야는 바쁜 사람처럼, 항상 휴대전화를 테이블 위에 올려놓는다. 약속 시간에 맞춰 나갔더니 "갑자기 일이 생겨 가봐야겠어"라며 허둥지둥 가버릴 때도 있었다. 그런 것에 크게 신경이 쓰이는 것은 아니다. 약속을 어겼다고 실망할 사이도 아니고, 그 편이 마음 편하기도 하다.

"이런 일을 하다보면 다른 세계가 필요해."

어이없을 만큼 많이 마셨을 때 그가 말했다. 딱히 무슨 일을 하는

---

* 일본 휴대전화에는 통신회사용 메일 주소를 설정할 수 있어 문자 수 제한 없이 전화로 메일을 주고받을 수 있다.

114

지 알고 싶은 것도 아니라서 난 '다른 세계'라는 말만 되풀이해서 중얼거렸다. 취한 나오야 주위로 뜨거운 공기가 흔들리는 느낌이 들었다.

"내 일은 생활을 송두리째 앗아가는 일이라서 말이야. 그래서 때론 전혀 다른 곳이 필요해. 안 그러면 견디질 못하겠거든. 취하면 잊을 수 있으니까."

"알 것 같아."

"알 것 같다고?"

나오야가 내 눈을 보았다. 그 눈에서 체온이 전해질 것 같아 나는 눈길을 피했다. 왠지 나를 감싸 끌고 들어갈 것 같은 눈빛이었다.

"왜 그렇게 말하는 거지?"

"글쎄, 그쪽은 내게 진실을 말하지 않는 것 같아서. 남자랑 즐기는 게 단순히 시간 때우기는 아닌 것 같으니까."

"과대평가 아닐까?"

나는 웃고는, 나오야가 권해준 '에라두라'를 한 모금 마셨다. 장기 숙성 데킬라. 향신료 냄새 같은 잔향이 코에 남았다. 그렇지만 순한 맛도 느껴진다. 데킬라는 잘 마시지 못하지만 이건 나쁘지 않다. 내 표정을 보고 나오야가 만족스럽게 미소 짓는 게 느껴졌다. 불쾌해져서 서둘러 덧붙였다.

"대체 왜 그래? 취하는 데, 기분 전환 하는 데 무슨 이유가 필요해? 잊고 싶은 게 있다고 쳐. 처음엔 잊기 위해 마셨다고 해도, 어느새 잊고 싶은 게 뭐였는지도 잊어버리고 결국 습관처럼 되어버리는 거잖아?"

마스터가 유리잔을 닦으며 끄덕였다. 눈가 주름이 부드럽게 깊어진다.

"그래 주면 우리야 고맙죠."

나오야가 "그럴지도 모르지" 하고 중얼거리며 턱을 괴었다.

"그건 그렇고, 그쪽은 어떻게 그렇게 꼿꼿할 수 있지?"

나오야가 한꺼번에 술잔을 기울이고 활짝 웃으며 묻는다. 나오야는 항상 내 두 배는 곧잘 마신다. 그거야, 너도 그렇잖아. 아무리 취해도 늘 말짱하게 웃고, 능숙한 분위기를 온몸에 두르고. 하지만 아무 말도 하지 않았다. "그런가?" 하고 고개를 기울였을 뿐.

분명 나는 나오야가 부러운 거다. 확실하게 '다른 세계'를 즐길 수 있는 그 여유 있는 모습이. 나오야는 여기서는 이렇게 취하더라도 일에서는 실수가 없을 것이다. 그는 이곳에서의 시간을 낭비하지 않는다.

남편에 대한 복수를 즐기고 있지만, 사실 내가 무엇을 하고 싶은 것인지 알 수 없을 때가 있다. 그저 흐름에 몸을 맡길 뿐, 어디에도 당도하지 못하는 기분. 마음속 깊이 후련해지는 법이 없다. 일그러진 상황은 결국, 바뀌지 않는다.

그날 밤, 2차를 가자는 말이 나오자 건물 3층에 있는 클래식한 피아노 바로 향했다.

엘리베이터 안에 들어서자 나오야가 입술을 포개왔다.

곱슬한 앞머리 너머로 흰 형광등 빛이 깜빡깜빡 흔들리고 있었다.

"왜?" 하고 물었더니 "그냥, 밀실이니까" 하며 눈을 가늘게 뜨고 웃었다.

그쪽이 바라는 것 같아서, 그런 말을 들은 것 같아 가슴이 답답해졌다.

나는 말을 꺼내려다 그만두었다. 왠지 두려워졌다.

엘리베이터 문이 열리고 부드러운 음악이 흘러나왔다. 먼저 내린다.

나는 핸드백에서 휴대전화를 꺼내 확인하는 시늉을 하며 거짓말을 했다.

"미안. 집에 가야 해."

"그래, 알았어."

뒤쪽에서 나오야의 목소리가 천천히 들려왔다. 뒤돌아보지 않았지만 나는 그가 웃고 있는 걸 알 수 있었다. 나오야는 억지로 붙잡거나 하지 않는다.

나오야의 입술은 뜨겁고 부드러웠다. 담배 냄새가 났다. 옆에 앉아 담배를 피울 때, 그는 내게 연기가 닿지 않도록 아랫입술을 살짝 내밀고 위로 연기를 뿜어 올린다. 그 모습이 떠올랐다.

입술이 닿은 찰나, 아무 생각도 할 수 없었다. 담배 냄새와 따스한 몸 냄새에 휩싸여, 몸이 위로 떠오르는 기분이었다. 내 자신조차 잊고, 내가 나 아닌 것이 되어버리는 느낌이었다.

그건 정말 무서운 느낌이다.

의도적으로 자신을 지워버리는 것이라면 상관없었다. 모든 것이 사라지지는 않을 테니까.

만지지 마, 그렇게 생각했다. 나를 만지지 말아줘.

바스락바스락 마음이 불안했다. 나오야에게만큼은 가까이 다가가고 싶지 않았다.

"어? 도로 왔어요?"

처음에 마셨던 바로 돌아가자, 문을 닫기 직전인지 아무도 없었다. 나는 작게 한숨을 내쉬었다.

"그냥, 왠지 좀 피곤해서요."

"가볍게 따뜻한 거라도 만들어줄까요?"

"네, 주세요."

그렇게 말하고 카운터에 놓인 내 손을 바라보았다. 손톱 표면이 매끈거리며 빛난다.

"마스터는 내가 이러고 다니는 거, 비난하지 않나요?"

냉장고 앞에서 허리를 굽히고 있던 마스터가 뒤를 돌아본다. 그는 호리호리한 녹색 병을 들고 돌아왔다.

"저야 뭐 비난할 입장이 못 되죠."

"도덕심이나 노파심에서 충고 같은 건 할 수 있잖아요. 혐오감이어도 좋고."

"그렇군요. 직업상, 술로 바꿔 생각하긴 하죠."

"무슨 뜻이죠?"

"술에는 맛없는 것이라도 몇백 년에 걸쳐 만들어지는 종류가 있어요."

"맛이 없는데도 그렇다고요?"

마스터는 밀크 팬을 들고 미소 지었다.

"맛이 없다고 하면 좀 어폐가 있긴 하겠네요. 달리 말해, 특색이 있다고나 할까요? 그런 걸 좋아하는 사람도 많고, 의외로 그런 복잡한 개성을 빚어내는 게 힘든 일이라 오히려 희소성이 있다고도 할 수 있지요. 대강 만들거나 조잡하게 만드는 것이 아니에요. 공을 들여 그런 맛없는 걸 만들어내기도 합니다. 오히려 그런 게, 복잡한 과정을 거쳐 계획적으로 만들어지기도 하죠. 불완전한 완전함이랄까요?"

금속음이 들리며 마스터 앞에서 가스불이 푸르게 빛났다.

"그래서 생각하지요. 어떤 행동에든 나름의 의미와 필요가 있는 게 아닐까 하고요. 위악을 떠는 것처럼 보여도, 멀리 돌아가는 것처럼 보여도, 어쩌면 완성을 위해 피해 갈 수 없는 하나의 과정이 아닐까 하고요."

나는 호박색으로 빛나는 술병들을 바라보았다. 모두 각자의 장소에서 만족스럽게 잠들어 있다. 자신의 역할을 아주 잘 이해하면서. 눈길을 내리니, 카운터 표면에 나이테와 줄기가 보인다. 손목 언저리에 작은 타원의 구멍이 있다. 나는 손가락으로 그 어둠을 따라 그려본다.

"하지만 내 행동은 어디에도 닿지 않는 것 같아요."

"꼭 지금, 모두 정해야만 하는 건 아니에요. 뒤돌아봐야 알 수 있는 것들도 있으니까."

김이 모락모락 피어오르는 술잔이 내 앞에 놓였다. 투명한 갈색 액체에 시나몬 스틱이 꽂혀 있다. 향신료와 과일 향이 난다. 숨을 들이마시자 뇌에서 적갈색 불꽃이 퍼졌다.

"그런데 오늘은 웬일로 풀죽은 소리를 하실까요? 무슨 일 있어요?"

"음…… 붙잡힐 것 같아서 혼란스럽다고 할까요?"

"붙잡히는 게 싫으세요?"

나는 조금 웃고, 시나몬 스틱을 받침 접시에 놓은 다음 술을 한 모금 들이켰다.

"맛있네요."

뜨거운 액체가 목을 타고 내려가 위장에 퍼진다.

"진저엘을 데워 칼바도스를 넣었습니다. 몸이 따뜻해질 거예요."

나는 술잔을 든 채 깊이 숨을 내쉬었다.

사흘쯤 지났을까, 다시 그 바에 갔다. 최근에 알게 된 건축 관련 일을 하는 남자와 함께. 헬스로 몸을 단련하는 사람이라, 나이에 비해 몸이 탄탄하고 자세도 좋다. 하지만 돈을 내면서까지 운동하는 이유를 이해할 수 없어, 함께 테니스와 수영을 하자는 말에도 적당히 얼버무리고 있었다.

그날도 피를 뽑고 운동하는 트레이닝 방법에 대한 이야기를 멍하게 듣고 있었다. 그때 나오야가 훌쩍 들어왔다.

우리를 보고 슬쩍 웃더니 저만치 떨어진 자리에 앉았다.

그리고 한 번도 이쪽을 보지 않았다. 한 시간쯤 지났을 무렵, 나오야의 팔 옆쪽에서 휴대전화가 떨리면서 빛났고, 나오야는 바를 나갔다. 고양이처럼 등을 약간 구부리고 문을 빠져나가는 모습을 바라보며, 나는 작게 한숨을 쉬었다.

다른 남자와 함께 있는 모습을 보여주고 싶었는데, 폐가 쪼그라든 것처럼 숨쉬기가 힘들었다. 옆에 앉은 남자는 쉴 새 없이 말을 해댔고, 나는 대화를 끊기 위해 관자놀이를 눌러 고개를 숙였다.

마스터가 걱정스러운 듯 다가오기에 "시원한 것 좀 주세요" 하고 중얼거렸다.

대체 무슨 짓을 하고 있는 거지?

놀랍게도 나는 남편을 완전히 잊어버리고 있었다. 쓸데없는 데에 정신이 팔려 있었다. 대체 나는 무엇을 위해서…… 애초에는 남편에 대한 복수였잖은가.

감귤류 향이 퍼져 고개를 들었더니 미스터가 자몽을 짜고 있었다. 압착기의 은색 홈으로 희고 탁한 과즙이 흘러들어간다. 나는 마스터의 완벽하게 계산된 움직임을 멍하니 바라보았다.

마스터는 가늘고 긴 잔에 자몽 즙을 부은 후, 나무 용기에 든 작은 녹색 병을 꺼냈다.

그러곤 "약초 리큐어, 마실 수 있죠?" 하고 물으며 잔을 밀었다.

"네, 이거 뭐예요?"

"샤르트뢰즈 엘릭시르 베제탈. 수도원에서 만들던 건데, 백 가지 이상의 약초로 만든 술이에요."

"평범한 샤르트뢰즈는 아는데, 그 작은 건 처음 봐요. 엘릭시르?"

겨우 몇 방울 넣었을 뿐인데 진한 식물 맛이 혀에 번진다. 강한 쓴맛과 은은한 단맛. 후욱, 머리가 가벼워진다.

"약효가 강한 술에 붙는 이름이에요. '엘릭샤'나 '일릭사'라고도 부르죠. 옛날 사람들은 불로불사약으로 알고 마셨어요. 라틴어로는 '신의 잔'이라는 뜻도 있다고 하고요."

"약술로 취해도 되는 건가요?"

내가 웃자 마스터가 "그럼요" 하고 고개를 끄덕였다.

"취한다는 게 꼭 나쁜 건 아니죠. 도망치기 위한 것도 아니고. 정신병이란 말이 아직 없던 시절 유럽에선 바가 병원 역할을 한 적도 있다고 해요. 사람들은 몸이 안 좋아지면 병원을 찾았지만, 마음이 병들면 바를 찾았어요. 자살하려는 사람이 맨 마지막으로 찾아가는 장소가 바 아니면 교회라는 말도 있었다더군요."

옆쪽 남자가 "그래요?" 하며 과장된 몸짓으로 맞장구를 쳤다. 나는 호박색을 내며 카운터 한 면을 가득 채우고 있는 술병들을 바라보았다. 옅은 간접 조명이 비쳐 둔탁하게 빛나고 있었다.

"술은 상처를 치유하기도 하지요. 짊어진 짐을 덜어주는 역할도 하고요. 때론 술에 취하는 것도 그리 나쁘진 않을 겁니다."

마스터는 온화한 얼굴로 말했다. 그 자상한 눈 속에서 금빛이 흔들린다. 이 안의 모든 것들이 흔들리고 있다. 마치 따스한 금빛 바다처럼. 밖에는 비가 내리고 있는지, 물이 튀는 날카로운 소리가 간간이 들려온다. 하지만 바닷속은 고요하고, 소리는 점차 부드러워져 간다. 어쩌면 술에 취했는지도 모르겠다. 나는 카운터에 떨어진 물방울을 만졌다.

나오야가 차가운 비에 젖은 것은 아닐까? 문득, 그런 생각이 들었다.

하늘 높이 청명한 일요일이었다. 베란다에서 빨래를 널고 있는데 남편이 창문을 톡톡 두드렸다.

"전화벨이 울리던데?"

확인해보니 나오야에게서 메일이 와 있었다. 지금 나올 수 있냐는 내용이었다. 느닷없이 휴일 낮에 불러내는 일은 없었기 때문에, 놀라지 않을 수 없었다. 나도 모르게 남편 얼굴을 살피게 됐다.

남편은 시디와 디브이디 선반 앞에 쭈그리고 앉아 꺼냈다가 다시 집어넣기를 반복하고 있었다. 내가 모르는 곡을 흥얼거리면서. 그

는 집안 구조에 변화를 주는 걸 좋아해서 휴일마다 이것저것 바꿔
보는 습관이 있었다.

"대학 때 친구랑 만나기로 한 걸 깜박했네요. 갑작스레 미안하지
만 나갔다 와도 돼죠? 저녁때까지는 돌아올게요."

나는 묶은 머리를 풀며 짐짓 아무렇지 않은 목소리로 말했다. 남
편은 슬쩍 내 얼굴을 보더니 "그래, 그렇게 해" 하고는 다시 선반으
로 시선을 거두었다. 무언가에 열중하면 다른 것은 눈에 들어오지
않는 사람이었다.

남편 마음이 변하기 전에 재빨리 준비를 하고, 나오야가 말한 역
으로 향했다.

개찰구를 나오자 발매기 옆에, 눈부신 햇살 때문에 눈을 가늘게
뜨고 나오야가 서 있었다. 평소와 다름없는 단정하면서도 캐주얼한
차림이었는데 한낮의 햇빛 아래서 보니 훨씬 젊어 보였다.

내 피부 톤이라든가, 군데군데 물이 빠진 염색 머리라든가, 힐의
흠집 같은 사소한 것들이 이상하게도 신경이 쓰였다. 환한 낮의 빛
이 모든 것을 다 드러내버릴 것 같아, 나는 고개를 조금 숙인 채 나
오야에게 다가갔다.

"가을 햇빛이 묘하게 희네. 많이 강하기도 하고."

눈을 가늘게 뜬 채 나오야가 말했다. 갈색 눈동자. 색소가 약하면
눈이 부실지도 모르겠다.

"나오야는 낮엔 밖에 잘 안 나오나봐?"

"응. 잘 안 나오는 게 아니라 전혀 안 나와."

"그러고 보니 밤 이미지밖에 없네. 빛을 받으면 연기가 되어버릴 것 같아."

얘기를 시작하자 긴장이 풀렸다. 서서히 바에서 만나는 나오야의 이미지가 돌아오기 시작한다. 눈이 부신 탓인지 울 것 같은 표정이 된 나오야가 웃는다.

"그러는 그쪽도 밤 이미지밖에 없어. 기다리는 동안, 실은 없는 사람 아닌가 싶어지던데?"

"취한 동안 보는 환각 같은 거?"

"음, 그런 느낌."

그러고 보니 술을 마시지 않은 상태에서 이야기를 나누는 건 처음이었다. 평소와 다르다면 다른 것 같기도 하고, 아무것도 달라진 게 없는 것 같기도 하다. 다만 처음이라는 말을 입에 담기 싫어서 아무 말도 하지 않았다.

우리는 천천히 언덕을 걸었다. 발아래서 찌부러진 은행이 역한 냄새를 피웠고, 차가운 바람에서는 금목서 향이 났다.

조금 앞서 걷는 나오야의 등을 바라보면서, 문득 현실이 아닌 듯한 기분이 들었다. 이런 꿈을 꾼 적이 있는 것 같은, 먼 옛날 이런 일이 있었던 것 같은 이상한 기분이었다. 내가 아주 작은 아이가 되어버린 듯했다.

절 앞 돌계단에 한 발을 올려놓고 나오야가 뒤를 돌아보았다.

"왜 그렇게 불안한 얼굴을 해?"

그가 웃었다.

"국보 장벽화暲壁畵가 있대."

나오야가 말했다.

사찰에서 그림을 보는 건전한 유형인 줄은 몰랐다고 하자 난처한 듯한 표정을 지었다.

"예전부터 이 그림이 보고 싶었는데 딱히 기회가 없었어. 오늘 시간이 비어서 갑자기 결심했지."

"왜?"

"글쎄, 왠지 그쪽한테 보여주고 싶었어. 예술이란 걸 접하고 하찮은 내 모습을 돌아보면 왠지 솔직해질 것 같기도 하고."

마치 담배라도 피우는 것처럼, 나오야는 알 수 없는 말들을 천천히 내뱉었다.

국보라는 그림은 벚꽃 그림이었다. 아름드리 벚나무가 금색을 배경으로 흐드러지게 피어 있었다. 찬란한 그림이었는데, 왠지 모르게 어디선가 찬바람이 불어오는 듯한 서글픔이 배어 있었다. 재능이 넘치던 젊은 화가가 스물다섯에 그린 그림인데, 정작 그 화가는 그 이듬해 세상을 뜨고 말았다는 안내 멘트가 전시실에 울려 퍼지고 있었다. 요절한 천재. 목숨이 서린 그림을 보려고 몰려든 건지, 많은 사람들이 오랫동안 그 그림 앞에 발걸음을 멈추어 넋을 놓은

126

채 바라보고 있었다.

옆쪽에는 화가였던 그의 아버지의 그림이 걸려 있었다. 아들의 죽음을 한탄하며 그렸다는 그 그림은 단풍나무를 그린 것으로, 대담한 구도에 힘이 넘치는 작품이었다. 역시 국보였고, 압도하는 느낌을 풍기고 있었다.

"다들 저 그림을 보러 왔나봐."

나는 벚꽃 그림 앞에 모여든 사람들을 바라보며 말했다.

"유명하니까."

"이쪽 화가가 더 유명한데, 역시 요절한 사람에겐 특별한 느낌이 드는 건가?"

단풍나무 그림 앞에서, 나는 나오야에게도 들리지 않을 만큼 작은 소리로 중얼거렸다.

나는 남편의 죽은 아내를 떠올리고 있었다. 왜 죽었는지, 어떤 사람이었는지는 모른다. 분명한 것은, 요절했고 이제 사라지고 없지만 남편 마음속에는 여전히 또렷하게 남아 있다는 사실뿐. 결코 색이 바래는 일 없이. 마치 이 벚꽃 그림처럼. 슬프게, 찬란하게, 그리고 선명하게.

내가 아무리 오래 살아도, 남편과 아무리 많은 시간을 보내도, 이런 봄꽃 같은 찰나의 아름다움을 그의 마음속에 새길 수는 없을 것이다. 죽은 사람을 이긴다는 건 가능하지 않을 테니까.

벚꽃이 나를 향해 차갑게 미소 짓고 있었다. 영원히 시들지 않는

청초한 소녀처럼.

나오야는 아직도 그림을 바라보고 있었다. 나는 먼저 전시실을 나왔다.

옆에 다다미방이 있어서 그곳에 자리를 잡았다. 눈앞으로 일본식 정원이 보였고, 녹색 연못에서 거북이가 느릿느릿 고개를 내밀고 있었다. 나는 검게 젖은 등껍질을 가만히 바라보았다.

조금 지나 나오야가 옆에 앉는 기척이 느껴졌다.

뭔가 질문을 듣기 전에 나는 "있지" 하고 웃으며 말했다.

"벚꽃 그림과 단풍나무 그림, 나오야는 어느 쪽이 좋아?"

"글쎄, 둘 다 굉장하던데."

"그래도. 어느 쪽이 마음에 더 남아?"

나오야는 목 안쪽에서 신음 소리를 내면서 한껏 기지개를 켰다. 그리고 뒤쪽의 기둥에 몸을 기댔다. 나는 거북이를 바라보며 대답을 기다렸다. 얼어붙은 사람처럼 움직일 수 없었다.

"그렇지만, 다른 그림이잖아."

나는 나오야의 얼굴을 바라보았다. 그가 나를 보고 이상하다는 듯이 웃는다.

"다른 그림이잖아? 어느 쪽이 더 낫냐 하는 문제가 아니고."

가슴속에 맺혀 있던 뭔가가 툭 하고 풀리는 기분이었다. 녹아내려 뚝뚝 떨어지다, 다다미에 빨려들어 사라져가는 기분이었다.

바로 그 말을, 나는 기다리고 있었다.

남편이 이런 말을 해주었더라면 나는 구원받았을 것이다. 나는 다른 사람이란 것을 알아주었다면. 그걸 인정하게 만들기 위해, 나는 계속 그렇게 살았던 것이다. 복수라는 이름으로 도망치면서. 바보처럼, 지금에야 그걸 깨달았다.

눈 안쪽이 뜨겁다. 나는 무릎을 감싸고 얼굴을 묻었다. 나오야에게 얼굴을 보이고 싶지 않았다.

잠시 후 나오야가 말했다.

"나 좀 봐. 사실은 취하지 못하는 게 아니라 취하기 싫은 거 아냐? 뭘 그렇게 끌어안고 있는지 모르겠지만, 사실은 상처나 아픔을 잊어버리기 싫은 거 아냐? 자신의 아픔이 얼마나 큰지, 취하지 않은 채 그걸 다 확인하고 싶은 사람처럼 보여."

나는 아무 대답도 하지 않았다.

"그렇지만 말야, 그것도 언젠가는 희미해질 거야. 내게도…… 술이 아니더라도 일을 잊게 해주는 게 생겼으니까."

느릿한 목소리로 나오야는 말을 이었다.

"난 지금 다른 것에 취해 있어. 실은 그쪽도 그렇지 않을까?"

나는 얼굴을 묻은 채 고개를 흔들었다. 고집 비슷한 것이었다. 이대로 내 마음을 따라 흘러가 남편에 대한 미움을 잊어버린다면, 지금까지의 모든 것이 물거품이 되어버린다. 내가 편해져버리면, 모든 일이 없었던 게 되어버린다. 그건 싫었다. 그래서 지금은 움직일 수 있을 것 같지 않았다.

나오야에게 기대어버리고 싶지 않다. 더 이상 가까이 다가가면 이 사람은 최상의 술처럼 고통을 잊게 해버릴 것이다. 나에게는 그 말만으로 충분하니까. 부탁이야, 더 이상 다가오지 마.

그러나 거부할 수 없다는 것을 어렴풋이 알고 있었다. 커다란 흐름이 나를 끌어당기고 있음을 분명하게 느낄 수 있었다. 그것은 다다미에 떨어지는 태양 빛처럼 자연스러운 힘이었다.

사실은 알고 있었다. 처음 봤을 때부터. 처음 그 공기를 접했을 때 이미 나는, 취해버렸던 건지도 모르겠다. 조금 쓰고 단 그 향에 아픔이 조금씩 엷어져갔던 건지도.

"이리 와."

나오야가 천천히 말했다. 나는 여전히 고개를 흔들었다. 하지만 더 이상 세차게 흔들 수는 없었다.

"난 무엇에도 취하지 않을 거야. 아픔을 잊지 않을 거야."

"불가능해."

따뜻한 손이 나를 끌었다. 귀 바로 위쪽에서 목소리가 울려 퍼진다. 뇌가 저릿해지며 머릿속에 무거운 막이 내려온다. 따스한 것이 볼을 타고 흐른다.

"신도 술을 마시고 취하잖아. 인간인 우리가 도망칠 수 있겠어? 때로는 취하고 잊어버려도 괜찮아. 술에 취해 조금 쉬고 난 후, 다시 시작하면 되니까."

신의 술. 어디선가 들어본 적이 있는 것 같다. 어디서였을까? 왠지 행복이 느껴지는 이름이었을 것이다.

작게 묻자 나오야의 목소리가 대답했다. 하지만 목덜미에서 담배 냄새 밴 따스한 살 냄새가 내려와, 이내 모든 생각이 멈춰버렸다. 그 이름은 어느새 머릿속을 빠져나가고 있었다.

꽃보라

花荒れ

자갈을 밟고 사찰 안을 가로질러 가늘고 긴 석조 의자에 앉는다.

늘 같은 곳에 앉는 탓에, 언젠가 돌도 참지 못하고 내 거대한 엉덩이 모양으로 푹 꺼지는 게 아닌가 싶기도 하지만, 의자는 그런 나의 생각을 거부하는 듯 그저 차갑고 딱딱하다.

숨을 고르고 캔 커피를 따 두 모금쯤 마신다. 바로 옆쪽에 있는 동백나무가 흔들린다. 갈색의 둥그런 덩어리가 소리도 없이 이쪽으로 다가온다.

뎅—, 종소리가 울렸다.

차토라는 발걸음을 늦추지 않는다. 흰 앞발을 의자 가장자리에 올리고선 고양이치고는 커다란 덩치를 단숨에 들어올려 내 옆에 자리를 잡았다. 가방을 밟고 그대로 내 무릎 위에 오른 다음, 몸을 둥글게 만다. 어리광 피우는 소리는 내지 않는다. 간혹 꼼지락대며 좁은 무릎 위에서 자세를 바꾸기는 하지만 조르는 일 없이 가만히 앉아 있다.

커피를 다 마시고 사찰 안을 둘러본다. 어스름 속에서 차근히 바라보자 겨울 동안 말라 있던 가지 끝에 점점이 봉긋한 작은 몽우리들이 보였다.

차토라는 여전히 아무런 움직임 없이 눈을 감고 있다. 왼쪽 귀가 두 군데 찢겨 있고, 이마에는 초승달 모양의 오래된 상처가 있다. 차토라는 근처 고양이들의 우두머리인 것 같다.

뻣뻣한 털을 쓰다듬으려고 한 손을 들자, 차토라가 움찔 하고 머리를 쳐들었다.

잠시 후, 돌계단을 올라오는 사람 그림자가 보였다. 보도에서 비켜나 이쪽을 향해 걸어오고 있었다. 일어서려는데 차토라가 슬며시 무릎에 발톱을 세우는 바람에 다시 앉았다.

그것은 남자의 그림자였다. 큰 키에 검은색 양복을 입고 있다. 영업사원인지, 어깨에 커다란 서류가방을 메고 성큼성큼 걸어온다. 낡은 가죽 구두 밑에서 자갈이 자그락자그락 소리를 낸다.

"벚나무인가요?"

남자는 조금 떨어진 곳에 멈춰 서서 나뭇가지를 올려다보며 말했다.

"그렇겠죠. 식물에 대해선 크게 아는 바가 없어 자세한 종류까지는 모르겠습니다만."

"저도 그렇습니다."

남자의 말은 빨랐다. 관서 지방 사투리가 조금 섞여 있었다. 차토라가 시끄럽다는 듯 남자에게서 등을 돌린다.

"귀가 전에 잠깐 쉬러 오신 건가요? 여기엔 늘 다니시나요?"

그렇게 말하며 남자가 담배를 꺼냈다.

"네, 뭐, 역에서 집으로 가는 지름길이고, 쉴 겸 해서요. 저, 저기요."

"네?"

말을 걸자 남자는 담배를 문 채로 얼굴을 들었다. 호리한 몸집에 비해 얼굴은 나이가 들어 보였다. 이목구비가 뚜렷해서 더 그런지도 모른다. 사십 대 후반쯤? 민첩한 몸놀림으로 보건대 일 처리는 잘할 것 같은 분위기. 다만, 셔츠와 넥타이가 구겨진 모습이 업무에 조금 시달리는 듯 보인다.

"여긴 금연입니다."

남자는 한순간 어리둥절한 표정을 지었으나 "아, 네, 죄송합니다" 하며 웃어 보였다. 눈 주위에 주름이 모여 서글서글한 표정이 되었다. 왠지 미안한 마음이 들어 "아, 아닙니다" 하고 눈길을 피했다. 한 개비쯤 모른 척 해줄 걸 그랬다.

차토라의 등을 쓰다듬는데 남자가 또 입을 열었다.

"무슨 일을 하시나요?"

"평범한 회사원입니다."

"정시에 퇴근하실 수 있겠네요. 부럽습니다."

"아, 몇 년 있으면 정년퇴직을 하니까요. 달리 기다리는 사람이 있는 것도 아니니 집에 빨리 가봐야 별수 없습니다만."

"가족은요?"

"아내가 오 년 전에 죽었습니다. 암으로."

"아드님은?"

"결혼해서 지금은 규슈에 살고 있습니다. 잘 오지도 않아요."

거기까지 말하고 나니 문득 기이한 느낌이 들었다. 어떻게 아들이 있다는 걸 알고 있지?

"그렇군요."

남자는 그렇게 말하더니 자갈을 흩트리며 내 눈 앞으로 다가왔다.

"거짓말은 안 하시는 분이군요."

"네?"

가슴이 술렁거렸다. 차토라가 일어나 굵은 소리로 한 번 가르랑대더니, 남자 옆을 지나 동백나무 수풀 속으로 사라졌다.

"이런, 제가 싫었나봅니다."

남자가 웃고는 양복 주머니에서 명함 지갑을 꺼내면서 말했다.

"오시마 츠토무 씨, 맞죠?"

남자는 그때까지와는 전혀 다른 날카로운 눈으로 나를 바라보았다. 나는 기세에 눌려 묵묵히 고개를 끄덕인다.

"그렇게 겁먹은 얼굴 하지 마세요. 고데마리 사토코 씨에 대해 좀 여쭤보고 싶을 뿐입니다. 그 여자와 관련된 남자 분들에게 이야기를 듣고 다니는 중입니다."

"고데마리 사토코?"

처음 듣는 이름이었다.

남자는 입꼬리를 올리며 웃고는 "역시 본명을 숨겼나보군요" 했다. 그러고는 명함 지갑을 주머니에 넣은 다음 휴대전화를 꺼냈다.

"정말 익숙해지질 않네요, 이런 식의 전화는."

남자는 그렇게 말하며 화면 위에서 손가락을 밀었다.

"아, 여기 있네."

남자가 전화기를 보여주었다.

"이 여잡니다."

머리를 둥글게 말고 진하게 화장을 한 젊은 여자의 사진이었다. 아이돌 가수처럼 눈을 치뜬 채 정면을 바라보고 있다. 노안이 온 탓에 얼굴이 부옇게 보인다. 눈을 가늘게 뜨자 커다란 갈색 눈과 시선이 마주쳤다. 약간 낮은 코.

"아, 유키."

"유키요?"

남자는 쓴웃음을 지었다.

"그런데 눈이 이렇게 크진 않았던 것 같은데……"

"아, 눈동자를 커 보이게 하는 콘택트렌즈와 붙임눈썹 때문입니다. 둔갑술이 대단한 여자거든요."

"둔갑술……?"

남자는 휴대전화를 집어넣었다.

"선생이 다섯 명째입니다. 그 여자한테 속은."

"속였다고요? 무슨 짓을 한 거죠?"

나는 그만 벌떡 일어섰다. 남자는 한 발 물러서며 손을 과장되게 흔들었다.

"아, 오해 마십시오. 전 경찰이 아니에요. 국세청 직원입니다. 그냥 고용 조사관이죠. 이건 명함입니다. 이 여자, 우리가 세무조사 하는 분이 아내 몰래 만나고 다니던 여자라서 말이죠. 그냥 얘기를 좀 듣고 싶을 뿐입니다."

"네?"

"그리고 선생님 애인이기도 했죠. 이런 말은 좀 뭣합니다만, 선생님의 유키에게는 달리 사귀는 사람이 네 명이나 더 있었습니다."

말을 꺼내는 데 있어 추호의 망설임도 없는 어조로 남자는 말했다. 그가 고개를 기울이며 미소 띤 얼굴로 내 반응을 살피고 있다.

눈앞에 내민 흰 명함이 어스름 속에 떠올랐다.

유키, 라는 이름은 그녀가 밝힌 이름이 아니었다. 별명 비슷한 것이었지, 진짜 이름은 알지 못했다. 사는 곳도, 나이도, 그녀가 말하는 것 이상은 아무것도 알지 못했다.

그녀가 절에 모습을 보이지 않게 된 지 벌써 일 년이 다 되어간다. 솔직히, 오늘 저 남자가 돌계단을 올라올 때 언뜻 그녀가 아닐까 싫어 엉거주춤 일어서려고 했었다.

국세청 남자가 보여준 화려하고 요란한 사진은 영락없이 밤일하는 여자로밖에 보이지 않았다. 그러나 내가 아는 그녀는 화장기도 거의 없었고, 옷자락이 넓은 스커트나 레이스 원피스에 작고 둥근 구두를 신고 다니는 귀여운 여자애였다. 대학생이라기에 스무 살 남짓이라고 생각했었는데 그 남자가 말하기를 벌써 스물여덟이라고 했다.

"처음 봤을 때는 저도 그저 귀엽다고 생각했습니다. 누구의 정부 같은, 그런 닳고 닳은 분위기는 전혀 못 느꼈어요. 세상물정 모르고 사람 의심할 줄 모르는 여자에 가까웠어요. 제가 지금 조사하는 인간, 정말 나쁜 놈이거든요. 어쩌면 그놈 사생아인지도 모르겠다는 생각까지 들더군요."

국세청 남자는 그렇게 말했다. 나도 그녀가 누군가의 정부였다니 도저히 믿기지 않았다. 게다가 네 다리나 걸치고 그 사람들에게서 매월 삼십만 엔 가까운 금품을 뜯어냈다니.

"그럼, 내일 다시 찾아뵙겠습니다. 그때까지 그녀에게 준 선물이나 돈 액수 같은 걸 떠올려주셨으면 합니다. 부탁드리겠습니다."

남자는 가볍게 고개를 숙이고 멀리 사라졌다. 정신을 차려보니 경내가 캄캄했다.

돌계단을 한 발 한 발 내려가 가로등이 비치는 어두운 길을 걸어간다. 식욕이 있을 리 없는데도 네모난 건물에서 넘쳐 나오는 흰 형광등 빛을 보자 습관처럼 마트에 들러버렸다. 반찬 코너에서 세일 스티커가 붙은 팩 몇 개를 바구니에 아무렇게나 던져넣는다. 일곱 시가 넘으면 가격이 싸진다. 트레이 위에서 반쯤 말라가던 닭튀김과 크로켓도 비닐 팩에 담는다.

이 무렵, 넓은 마트에는 사람들이 드문드문하다. 양복 입은 사람들이 피곤한 얼굴로 떠다닌다. 나 역시 그런 하나다.

새로 나온 맥주가 있었지만 무거워서 사지 않았다. 인터넷으로 주문하면 된다. 게이코가 죽은 후 점점 더 살이 붙어 지금은 조금만 걸어도 숨이 찰 지경이다. 원래 봐줄 만한 용모도 아니었지만 더욱 흉해졌다. 이러다 마트 계산대 사이조차 빠져나가지 못하게 되는 건 아닐까 하는 불안함을 느끼면서도, 집에 돌아가 텔레비전을 켜면 술을 마시며 음식을 죄다 먹어치우고 만다.

어딜 보나 비만하다고밖에 할 수 없는 몸이 되고 보니, 그 나름대로 편한 구석이 없지는 않았다. 이렇게까지 되면 아무도 다이어트를 하라고 조언하지 않는다. 외모에 아무리 신경을 써도 타인이 나를 형용하는 말은 '뚱보'일 뿐이라고 생각하면, 체념하게 된다. 곰보 얼굴도 그렇고 키가 작은 것도 그렇고, 어떻게든 그렇지 않게 보이려고 필사적이었던 자의식 과잉의 이십 대 무렵에 비하면 마음이 매우 평온해졌다.

위장이 가득 차면 마음이 놓였다. 서서히 몸이 나른해진다. 둥글게 튀어나온 배를 만지며 생각한다. 이젠 상처받을 만큼 예민한 것이라곤 남아 있지 않다.

"속은 게 아니야."

나는 작게 중얼거리고 3평 남짓한 안쪽 방에 있는 게이코의 불단을 바라보았다. 선향을 피우지 않았다는 데 생각이 미쳤지만 졸음을 이길 수 없었다. 침실은 2층이지만 게이코 물건이 아직 남아 있어 거의 사용하지 않는다. 특히 책이 가득했다.

밥상 옆에 내내 펴놓고 있는 이불에 몸을 누인 후 천장을 향해 손을 모으고 눈을 감았다.

유키의 구김살 없는 웃음이 스치고 지나갔다. 빨간 혀를 쑥 내밀고 목을 움츠리던 동작. 팔락이는 스커트 자락 안으로 보이던 둥근 무릎, 가벼운 발걸음. 그리고 속이 비칠 것만 같던 하얀 살결.

웃어주었다고. 그렇게 예쁜 아이에게 무언가를 기대할 리 없었다. 그 모든 것에 작위가 있었다는 말을 듣고 오히려 납득이 됐다.

숨을 내쉬자, 생각보다 큰 한숨이 방 안에 울려 퍼졌다.

다음 날 저녁, 평소와 같은 시간에 퇴근을 했다. 어제와 같은 시간에 전철을 탔다.

역을 나서자 발은 습관처럼 절로 향한다. 절문을 지나니 저녁치고는 미지근한 바람이 불어왔다. 봄 특유의 무른 냄새가 난다.

문득 신경이 쓰여, 보도에서 벗어나 본당 옆에 있는 등나무 등걸 쪽으로 향한다.

나이 든 정원사가 한 사람, 그 옆에서 올벚나무를 올려다보고 있었다. 내가 오는 걸 보고 듬성듬성한 이를 드러내며 웃었다.

"이삼 일 걸리겠는데? 꽃은 변덕스러워서 갑자기 피기도 하니까 어찌 될지 모르지만, 다음 주말엔 이 절에도 벚꽃이 만개할 거야."

나는 "그래요?" 하고 맞장구를 치며 껄끄러울 것 없는 이야기들을 좀더 나누었다. 그러고 나서 항상 가는 그곳으로 발걸음을 옮겼다. 남자가 이미 와 있었다. 선 채 담배를 피우며.

그는 내가 밟는 자갈 소리에 얼굴을 휙 들고는, 당황스러운 표정으로 휴대용 재떨이에 담배를 비벼 껐다. 서두르면 금세 숨이 차기 때문에 나는 천천히 다가갔다. 남자는 눈동자를 굴리고 손사래를 치며 담배 연기를 쫓아냈다.

나는 남자 앞을 지나 돌의자에 앉는다. 살이 찌면, 앉을 때 배에서 숨이 많이 빠져나오기 때문에 못난 목소리가 삐져나오고 만다. 회사에서는 상당히 성가시다. 여자 직원들이 혐오스러운 표정을 역력하게 드러낸다.

주위에 담배 냄새가 아직 남아 있었다. 한동안 차토라는 나타나지 않을 것이다. 남자를 올려다보자, 겸연쩍은 표정으로 휴대용 재떨이를 가볍게 흔들었다.

"한 개비만 피우고 가려던 참이었어요. 오늘은 안 오시나 싶어서요. 실은 제가 좀 안 맞아요, 절 같은 데하고는."

"왜죠?"

"신이니 부처님이니 믿지 않거든요. 종교법인 세무 처리는 복잡하기도 하고. 싫은 기억이 무지하게 많습니다. 오시마 씨는 좋아하시나요?"

"뭐, 조용하니까요. 저희 집 묘가 있어서 아내도 여기 있고요. 결혼은 하셨나요?"

남자는 쓴웃음을 지으며 머리를 긁적였다.

"헤어졌어요. 오시마 씨처럼 사별이 아니라서 마음이 덜 아플지도 모르겠지만, 이것저것 후회는 많죠."

나는 고개를 끄덕인 후, 이마와 목덜미를 타월 손수건으로 닦았다. 아침저녁은 여전히 찬데 이렇게 땀을 흘리다니, 앞으로 점점 더 기온이 올라갈 걸 생각하니 우울해진다.

후우 숨을 내쉬고 나서 가방에서 포장지로 싼 비닐 팩을 꺼낸다. 손에 와 닿는 남자의 시선이 느껴졌다.

포장지를 벗기면서 "앉으시지 그래요" 하고 말하자, "허리가 차가워질 것 같아서요" 하며 고개를 흔들었다.

"전 살덩이 이불이 있어서 아무렇지도 않습니다."

내가 그렇게 말하며 웃자 남자도 입가에 사교적인 미소를 띠어주었다. 나는 고무줄을 벗겨 남자의 눈앞에 비닐 팩을 내민다.

"이겁니다."

"네?"

"제가 유키, 아니 고데마리 씨에게 준 거 말입니다."

남자는 눈을 끔벅거렸다.

"이건…… 콩 모치 아닌가요?"

"네. 그래도 흔한 찹쌀떡하고는 차원이 다릅니다. 하나하나 손으로 만들었지요. 쓸데없는 게 하나도 안 들었기 때문에 오늘 내로 먹지 않으면 딱딱해져버립니다. 세시쯤엔 다 팔리고 남는 법이 없는 터라 일부러 점심시간에 나가 사왔습니다. 괜찮으시면 드세요."

"네, 고맙습니다."

남자는 주눅이 든 것처럼 콩 모치를 손에 들더니 천천히 입으로 가져간다.

그러곤 한 번 베어 물더니 눈을 동그랗게 뜨고 "맛있어요!" 하고 외친 다음, 다시 한 입을 입에 넣었다.

"정말 맛있군요! 붉은팥 소금기 하며 팥고물 단맛도 딱 좋네요. 떡에도 탄력이 있어서 찹쌀 맛이 확실히 나고요."

"슈퍼에서 파는 단 풀 같은 것들과는 확실히 다르죠?"

"정말 그러네요. 그런 건 화과자가 아니죠. 아아, 그리운 맛이에요."

남자는 모치를 꿀꺽꿀꺽 삼켰다. 나도 하나를 집는다. 다섯 개 사두길 잘했다.

"실은 저, 지방 신문에 '단맛 달력'이라는 조촐한 칼럼을 쓰고 있습니다."

남자는 손에 묻은 가루를 털어내며 나를 쳐다봤다.

"아아, 압니다! 그 칼럼 가끔 읽거든요. 유행만 좇는 가벼운 디저트 기사가 아니라, 오래된 양과자점이나 대 이을 사람이 없는 작은 화과자점 같은 델 소개해서 좋아요. 그런데 전 여자가 쓰는 줄 알았는데……"

"아내가 쓰던 걸 제가 이어받아 쓰는 겁니다. 아내는 정말 단것을 좋아했지요. 저처럼 이렇게 살이 찌지도 않았었고요. 이상하게도 진짜 디저트 마니아들은 다들 날씬해요. 유키, 아, 고데마리 씨도 취재하는 곳에 같이 다녔습니다. 칼럼 얘기는 하지 않았기 때문에, 그저 날 단것 좋아하는 사람 정도로 생각했겠지만요."

"그럼 고데마리 씨에게 갖다 바친 게 디저트라는 말씀인가요?"

"네."

"비싼 가방이라든가 액세서리라든가 돈 같은 걸 준 적은 없었나요? 집을 나오고 싶으니까 방 구할 돈을 빌려달라든가, 그런 말도 없었나요?"

"네."

"그녀가 선생님 생활이나 가정을 망친 적도 없었고요?"

"네. 그렇게 깊은 사이는 아니었습니다."

남자는 저녁 하늘을 올려다보았다. 붉게 물든 하늘 위로 새들이 검은 점이 되어 흘러간다.

"그럼 같이 차만 마셨다고 한 얘기가 거짓말은 아니었군요."

나는 대답 대신, 콩 모치를 하나 더 입으로 가져갔다. 역시, 맛있다. 이미 취재한 가게라도 이렇게 때때로 다시 들러 맛이 변하지 않았는지 확인한다. 슈퍼에서 사는, 배를 채우기 위해 삼키는 음식과 달리, 단것은 꼭꼭 씹어 먹는다. 목을 통과하는 감촉이나 입에 남은 단맛까지 꼭꼭 음미한다. 여기 고물은 혀 위에서 녹듯이 사라져, 텁텁함이 전혀 남지 않는다.

그건 그렇고, 오늘은 왜 차토라가 나타나지 않을까? 주위를 둘러보는데 문득 남자가 큰 소리를 냈다.

"그럼 그녀가 진짜로 마음을 준 연인이라는 말이 되나요?"

"설마요. 딸처럼 나이차가 나는데. 게다가 전 이런 몸집이 아닙니까. 애인이니 연인이니, 그런 게 있을 수 없죠. 어떤 여자든 도망갈 겁니다."

"오시마 씨, 어제도 그렇게 말씀하시던데 자신을 그렇게까지 비하하실 필요 없잖아요?"

"아뇨, 제가 여자라면 전 절대 사양입니다. 그쪽이 여자라도 나를 좋아할 리 없죠."

"그런 상상까지 하실 필요는 없고요. 어쨌든 취향과 수요는 제각각인 겁니다. 제 동료 중엔, 왜 이런 놈과 결혼했나 싶을 정도로 아내가 예쁜 녀석도 있어요. 야쿠자만 담당할 정도로 얼굴이 흉악한 놈이거든요. 게다가 그 등짝하며, 오시마 씨는 상대가 안 될 정도로 몸집이 크고요."

감싸는 것 같았지만 아첨도 아니었다. 남자는 가식 없는 말로 물고 늘어졌다. 비웃나 싶었지만 진심인 것 같았다.

"하지만 솔직히, 이런 일을 하고 있으면 말이죠, 이렇게 못생긴 남자가, 싶은 일이 자주 있답니다. 신입들에게는 종종 말합니다. 상식에 지나치게 휘둘리면 많은 것들을 놓치고 만다고요."

남자는 크게 고개를 끄덕이며 말한다. 아무런 위로가 되지 않는다는 것을 알고 있을까? 쓴웃음을 지을 수밖에 없다. 남자는 어딘지 친근한 느낌을 주었다. 그러고 보니 탈세 조사관들은 사람들 마음속을 쉽게 헤집고 들어온다는 소리를 들은 적이 있다.

"그리고요, 돈이 엮이면 사람 속은 알 수가 없어집니다."

"전 그 돈이란 것도 없거든요. 아내 의료비 때문에 빈털터리가 됐어요."

"그럼 정말 이것뿐입니까?"

남자는 마지막 남은 콩 모치를 슬쩍 바라본다.

"네. 하나 더 드세요."

"아, 먹어도 되나요?"

기쁜 듯, 손을 뻗는 남자. 대체 어디까지가 계산인 걸까?

하지만 맛있는 것을 입에 넣는 순간, 사람은 무방비 상태가 된다. 제아무리 날을 세우는 사람이라도 결코 거짓말을 할 수 없다. "그 사람의 진짜 표정을 볼 수 있어." 게이코는 그렇게 말하곤 했다. 괴로운 기억도, 거스러미가 일어난 마음도, 맛있는 음식은 순식간에 치유해준다고. 그래서 정말로 맛있는 걸 사람들에게 알려주고 싶다고.

단것을 먹고 있을 때의 유키의 얼굴을 떠올리려고 하다, 문득 깨달았다.

"그렇게 의심스러우면 다시 한 번 확인해보면 되지 않습니까. 거짓말탐지기나 뭐 그런 걸 써서요."

"그게 말이죠." 남자는 모치를 꿀꺽 삼키고 말했다. "그녀가 사라져버렸어요."

"경찰이 아니니까요. 영장이 있어도 가택 수색이나 압류 정도밖에 못합니다. 신병 확보나 그런 건 못하죠. 탈세자금 조사를 위해서라고, 임의로 질문을 한 거고요."

남자는 그렇게 말했다.

유키는 조사에는 협조적이었다고 했다. 언제 찾아가든 차를 내왔고, "이건 비밀로 해주세요" 하고 입술을 오므리며 애인들에 대해 이야기해주었다. 국세청에서 알고 싶어하는 것은 탈세 의혹이 있는 남자가 조사를 피하기 위해 애인인 그녀에게 금전 또는 그에 상응하는 것을 맡기지 않았나 하는 것이었다. 그걸 확인하기 위해선 남자가 여자에게 주었다는 돈과 여자가 받았다는 돈의 액수가 일치하는지 확인해야 한다. 그리고 만약 가능하다면 그 남자가 탈세한 돈을 회수하려 했다.

그런데 유키에게는 만나는 남자가 달리 네 명이나 있었다. 나 말고는 모두가 방값이나 용돈을 대주고 있었다. 덕분에 뒷조사에 드는 품이 네 배가 되는 셈이었다.

"그 여자, 좀 정상이 아니에요. 몇 번 만나면서 느꼈습니다. 보통은 조금 얘기를 나눠보면 보이거든요. 그 사람의 인간성이라는 게 말이죠. 어떤 취향이고, 무엇에 가치를 두는지. 사람이란 게 참 단순하거든요. 자기에게 가치가 있는 것에 돈과 시간을 쏟아붓죠. 그리고 그런 건 한정되어 있으니까 자세히 조사하다보면 아무리 교묘한 거짓말이라도 언젠가는 앞뒤가 맞지 않는 게 드러나게 됩니다. 우리도 직접 나서 까발리는 쪽보다는 조사 대상이 말해주는 편이 나으니까, 자연히 언변이 좋아질 수밖에 없고요. 하지만 그녀는 아무리 얘길 나눠도 실체를 알 수가 없었어요. 둥둥 떠다니는 사람 같은 느낌이었다고 할까요?"

거짓말도 맥락이 없었다. 특히 자신에 관해서는 과히 병적이었다. 성장 과정은 물을 때마다 달라졌다. 애인과의 일정이 일기에 적혀 있었지만, 같이 갔다는 가게를 찾아가보면 없는 가게일 때도 있었고, 마음이 괴로워서 돈을 전부 돌려주었다고 말을 바꾸는 경우도 종종 있었다. 순진한 말투와 귀여운 외모에 조사원들은 다들 속아 넘어갔다.

그러던 어느 날, 그녀가 손을 씻으러 간 사이, 속이 탄 젊은 부하가 부엌에 있는 제일 높은 찬장을 열었다.

"지폐가 눈보라처럼 휘날렸지요."

아무렇게나 쑤셔넣은 대량의 지폐가 방에 너울거렸다. 몇백만 엔은 됨 직했다. 돌아보니, 휘날리는 지폐 저편으로 그녀가 서 있었다.

"찬장에서 넘쳐 펄렁거리는 돈이 창문으로 들어오는 꽃보라라도 되는 듯 바라보더군요. 그 엷은 웃음을 잊지 못할 거예요."

남자는 그렇게 말하고 양복 호주머니에 손을 갖다대려 했다. 무의식중에 담배를 꺼내려던 것이리라. 내 시선을 느끼고 대신 따닥따닥 앞뒤로 어깨를 돌린다.

"그런 사람들은 아무것도 믿는 게 없겠죠?"

"네?"

"자신의 미래도, 다른 사람의 감정도, 아무것도 믿지 않잖아요. 영원이 존재하지 않는다는 것도 알고 있고. 그러니 도덕이라든가 정조 관념 따위가 있을 리 없죠. 그런 걸 갖고 있어봐야 소용이 없다고 생각할 테니까. 젊음과 몸을 돈으로 바꾸는 것도 당연시 여기고요. 그 돈조차 언젠가 사라진다는 것도 알고 있어요. 요즘 젊은이들이라는 말은 별로 하고 싶지 않지만."

남자는 나를 보고 희미하게 웃었다. 대답할 말이 떠오르지 않았다. 내게 무언가 믿는 게 있느냐, 그렇게 묻더라도 대답할 말이 딱히 없었기 때문이다. 미래에 대한 희망 역시 마찬가지다.

"아마 아무것도 무서운 게 없는 것일 테죠."

남자는 불쑥 중얼거렸다.

무서운 게 없다면 소중한 것도 없을 것이다. 아픔이 없다는 건 기뿜도 없다는 것, 감각이 없는 세계에서 산다는 것. 게이코를 잃고 나서 그것을 알았다.

"이제 됐나요?"

"선생이 좀더 기억을 떠올려주셨으면 합니다. 고소할 생각이 있으시다면 저희도 돕겠습니다."

"그럼 다음 주, 여기서 다시 뵙죠."

남자는 놀란 얼굴을 했다.

"오늘 금요일이잖아요."

"아아, 그렇군요. 죄송합니다. 다음 주 초에는 복잡한 일이 있어서요, 수요일은 어떠십니까?"

"좋습니다."

내게 예정 같은 건 아무것도 없었다. 남자는 분명 휴일 평일 구분 없이 일만 하는 생활을 하고 있을 것이다. 재빨리 멀어지는 뒷모습을 바라보며 잠시 차토라를 기다렸지만, 차토라는 그날 모습을 드러내지 않았다.

남자 이야기로 떠오른 기억이 있었다.

정확하게는 남자가 말하는 '고데마리'와 내가 아는 '유키'가 포개졌다. 돈다발을 꽃보라도 바라보는 듯했다는 그녀의 얼굴이 뇌리에 스친 것이었다.

유키를 처음 만난 것은 벚꽃 계절이었다. 유키는 등나무 등걸 아래에서 경내 벚꽃을 멍하니 바라보고 있었다. 내가 지나가도, 늙은 정원사가 말을 걸어도, 양손을 축 늘어뜨린 채 벚꽃 이외에는 아무것도 눈에 들어오지 않는 듯했다. 너무나 덧없어 보이는 모습에 안 좋은 결심이라도 하는 게 아닐까 싶어 불안해졌지만, 꽃이 질 무렵엔 더 이상 나타나지 않았다.

다시 유키의 모습을 보게 된 건 초여름 무렵, 이번에는 푸릇푸릇한 새잎이 비칠 것처럼 생기가 넘쳤다. 늘 앉는 자리에 앉아 땀을 닦고 있는데 유키가 갑자기 말을 걸어왔다. 길게 뻗은 흰 다리가 눈부셨다.

고양이를 찾는다고 했다. 키우던 고양이가 도망가버렸다고. 하지만 이내 거짓말이라는 걸 알 수 있었다. 내 무릎 위에 웅크리고 있는 차토라를 안아 올리려고 하고, 머리를 쓰다듬으려고 했기 때문이다. 고양이는 개와 달리 머리를 쓰다듬는 걸 좋아하지 않는다. 자기 쪽에서 내킬 때가 아니면 만지는 걸 싫어한다. 그래서 키우던 고양이가 도망가버린 건가 싶기도 했지만, 유키는 어머니가 고양이를 쫓아냈다고 했다.

"우리 엄만 날 지나치게 걱정해서요. 고양이털이 내 몸에 좋지 않대요."

그녀는 자기가 부모에게 얼마나 사랑받는지 끊임없이 말했다.

막 사온 호박색 설탕과자가 있어서 먹지 않겠느냐고 했다. 한천과 설탕을 굳힌 얼음 조각 같은 과자를 핑크색 손톱으로 집고, 유키는 웃음소리를 냈다.

"이게 뭐예요? 예쁘네요!"

화과자점에서 파는 거야, 하고 말하자 눈을 둥글게 떴다. 화과자라는 건 촌스러운 것만 있는 줄 알았다면서. 그 후 맛집을 같이 다니게 되었다.

유키와는 양과자점에 가는 일이 많았다. 화과자점은 가급적 이른 시간에 가려고 하는 편이었는데 아침잠이 많은 유키는 약속 시간에 늦기가 일쑤였다. 한 시간을 기다려도 오지 않으면 나 혼자 가는 편을 택했다. 나는 찹쌀 찌는 냄새가 풍기는 가게에 앉아 과묵하게 손을 놀리는 장인들을 바라보았다. 그런 다음 이것저것 골라 포장한 후, 부드러운 무게를 감싸 안고 서둘러 절로 돌아왔다.

약속 시간에 맞추지 못하면 유키는 변명을 늘어놓았다. 언니가 열이 났다든가, 집을 나왔는데 옆집 아주머니에게 붙잡혀 말을 끊지 못했다든가. "형제가 없지 않았어?" 하고 물으면 까르르 웃으며 종알댔다. "아, 어릴 때부터 엄청 친한 언니가 있어서요. 그냥 언니라고 불러요. 정말 재밌는 언니예요. 그 언니는 있죠……"

아무리 기다려도 오지 않는 날도 있었다. 처음엔 나를 우습게 여기는 건가 싶었다. 때때로 버럭 화를 낼까 싶은 때도 있었다. 하지만, 언젠가 떠날 거라면 미움을 받는 편이 낫겠다 싶으면서도, 유키가 뛰어오는 모습을 보면 마음 약한 웃음을 짓게 되고 말았다. 걸을 때마다 후우후우 숨을 몰아쉬는 살덩어리가, 유키에게 조금쯤 우습게 보인들 어쩔 수 있겠나 싶기도 했다.

거짓말을 한다는 건 알고 있었다. 언제든 감정 내키는 대로, 자기 좋을 대로 이야기를 만든다는 것도. 하지만 거짓말을 하는 그녀는 싱싱했고, 이번엔 무슨 변명을 늘어놓을까, 우습기도 하고 난처하기도 한 마음으로 나는 어느새 유키를 기다리게 되었다.

그러던 어느 날, 그 거짓말도, 유키도 완전히 사라져버렸다. 실망하기는 했으나, 쓸쓸함보다는 포기가 더 컸다. 그간의 변덕으로 보건대 당연하다면 당연한 일이었다.

일요일에 유키가 좋아하던 긴자의 케이크 가게 '프루츠 팔러'에 갔다. 여자들만 있는 밝은 가게다보니 내 모습이 무척 눈에 띄었는지, 점원이 위아래로 나를 훑어보다가 맨 안쪽 자리로 안내했다.

이 가게 딸기 파르페를 게이코가 좋아했었다. 역삼각형 유리잔에 보석 같은 딸기가 가득 들어 있는 파르페였다. 일반적인 파르페보다 양이 훨씬 적었지만, 그 정도 양이 딱 좋다고 했었다.

"잼이나 콘플레이크, 냉동 스펀지로 높게만 쌓은 파르페는 사기나 다름없어."

게이코는 눈을 가늘게 뜨고 웃곤 했다.

과일과 과일 소스, 신맛을 덜어주는 진한 아이스크림, 그리고 너무 달지 않은 생크림. 무척 심플한 파르페다. 유키는 긴 스푼을 좌우로 움직이며 불룩 튀어나온 단 덩어리를 쉴 새 없이 입으로 가져갔다. 입가에 묻은 생크림을 작은 혀로 살짝 핥고 눈을 조금 들어 웃었다. 좋은 집안 딸인 척했지만 식사 예절이 훌륭한 편은 아니었다. 하지만 음식을 흘려도, 소리를 내고 먹어도, 유키는 예뻤다.

작은 입에 쪽쪽 빨려 들어가는 칡 과자, 그때 보인 속눈썹 그림자, 꿀이 듬뿍 발린 핫케이크를 입 안 가득 담은 둥그런 뺨, 함박웃음을 띤 얼굴들이 차례로 머릿속을 지나갔다.

혼자서 먹는 딸기 파르페는 변함없이 맛있었지만, 서늘하게 차가웠고, 주르륵 목을 타고 넘어가 숨쉬기가 괴로워지는 단맛은 나지 않았다. 유키와 함께 왔을 땐, 가게 안에 흐르던 버터와 설탕과 과일의 단내와 유키의 꽃향기 나는 향수 냄새가 섞여 숨이 막힐 것 같았다.

집에 가는 길에 절에 들렀다. 벚꽃이 피고 있었다.

그러고 보니 벚꽃 이야기를 한 적도 있었다. 유키는 무릎을 끌어안고 처음 봤을 때처럼 공허한 눈빛을 했다.

"벚꽃은 좀 별로예요. 예전에 벚꽃 꽃잎으로 목걸이를 만들었거든요? 실로 연결해서. 엄청 예뻤어요. 근데 하룻밤 지나고 보니 다 쪼그라들고 검어져서 더러운 양귀비 깻묵처럼 변해 있는 거예요. 사라지는 거구나, 그런 생각이 들었어요. 무엇이든 마법처럼, 사라지는 거구나. 부푼 마음도, 행복한 기분도 한순간에. 맛있는 과자도 마찬가지네, 행복은 한순간이로구나."

"마법 하니까 생각이 난다. '분라쿠' 아니?"

유키의 말에 당황해서 내가 그렇게 말하자 유키가 고개를 저었다. 안심이 됐다. 유키가 그대로 사라져버릴 것만 같았다.

"인형, 샤미센,* 기다유**로 구성된 일종의 인형극인데, 아내가 좋아했었어. 그 인형극에 이런 장면이 있어. 어느 화가의 손녀딸 유키히메가 벚나무에 묶여 있어. 유키히메는 형장에 끌려가는 남편을 살리고 싶어서 발로 벚꽃을 모아 땅에 그림을 그리지. 그러자 벚꽃 그림이 흰 쥐가 되어서는 유키히메를 묶은 포승줄을 갉아 풀어준 거야. 다른 이야기 때도 똑같은 인형을 쓰는데, 그 역할을 할 땐 벚꽃이 흩날리면서 인형이 훨씬 더 희게 보여. 넌 그 유키히메를 닮았어."

화제를 딴 데로 돌리고 싶어 꺼낸 얘기였다.

"인형, 인형이라니 좋네요."

유키가 중얼거리더니 작게 웃었다. 그러고는 휙 돌아 나를 큰 눈으로 바라보며 말했다.

"그럼 나, 유키히메라고 불러요."

"히메***라고 부르긴 좀……" 하고 내가 눈길을 피하자 "그럼 유키" 하고 웃었다.

거짓 이름으로 부르면 유키는 기뻐했다. 국세청 남자가 말한 대로다. 분명, 그 무엇도 믿을 게 없었던 것이다. 유키는 소녀처럼 순

---

* 전통 현악기.
** 노래하는 사람.
*** '공주'라는 뜻.

진하게 맑은 목소리로 웃는가 하면, 때때로 모든 것을 체념한 채 사는 것처럼 보였다.

야옹, 하는 소리에 제정신이 돌아왔다. 어느새 차토라가 무릎 위에 앉아 있었다.

피기 시작한 벚꽃을 보고 있으니 조금씩 몸이 가벼워지는 기분이었다.

"아!" 하고 목소리가 새어나왔다. 유키에게 목걸이를 준 적이 있었다. 게이코가 소중히 여기던 핑크빛 진주 목걸이였다. 유키에게 뭔가 사라지지 않는 것을 주고 싶었다. 목걸이를 받아달라고 했더니, 유키는 순순히 고맙다고 했다. 그것이 마지막이었다.

"빨리 오셨네요."

무릎 위에 앉은 차토라를 쓰다듬고 있으니 남자의 목소리가 위에서 들려왔다. 변함없이 피곤한 얼굴이었다.

"네. 밤부터 비가 내릴 것 같아서 미리 왔습니다. 이거, 오늘 선물이에요."

종이봉투를 남자에게 건넨다.

"디저트인가요? 기쁘군요."

남자는 금색 종이에 싸인 사각형의 구운 과자를 꺼내 냄새를 맡는다.

"으음, 좋은 냄새네요."

"까트르 까르에다 술을 듬뿍 적신 브랜디 케이크입니다."

"까트르 까르?"

"버터, 설탕, 달걀, 밀가루를 동일한 양으로 넣어 만든 심플한 양과자입니다. 4분의 4란 뜻이죠."

"단순하네요."

"하지만 단순해서 어렵기도 하지요."

남자는 아직도 냄새를 맡고 있다. 차토라가 눈을 가늘게 뜨고 고개를 조금 기울였다.

"그 여자에 대해 뭔가 기억난 게 있으신가요?"

남자는 과자를 봉지에 넣고, 넥타이를 느슨하게 풀었다.

"아니요, 아무것도 없습니다."

"정말인가요?"

고개를 끄덕이자 남자는 한숨을 내쉬었다.

"화가 나지 않으십니까?"

"왜요?"

"거짓말을 했으니까요."

나는 웃으며 대답했다.

"아니요."

"왜일까요? 다들 그렇게 말하더군요. 그 여자는 프로예요. 돈을 뺏고 사라져버렸는데, 아무도 고소할 생각이 없어요. 하긴 찾는다고 쉽게 찾아지지도 않겠지만. 무엇이 본성인지 자기 자신도 알 수 없어진 게 아닐까 싶을 만큼 엉망진창으로 거짓말을 했더군요. 연예인의 사생아다, 그런 웃기지도 않는 거짓말까지. 그래서야 친구도 없었겠죠. 하지만 남자들은 모든 걸 알면서도, 웃으면서⋯⋯"

"좋은 꿈을 꾸게 해주었다고 했겠죠?"

"네, 맞습니다."

남자는 고개를 젓더니 차토라를 내려다보았다.

"부럽네요, 그렇게 맘 편히 옆에 있을 수 있다는 것이. 기대도 않고, 속박도 없고. 고양이는 그런 게 허락된 동물이죠. 하지만 분명 오시마 씨를 신뢰하기 때문이겠죠? 전 아마 안 되겠죠? 내게서 도망가지 않는 건 일뿐입니다."

아니다, 겉보기와는 딴판이다. 나는 그저 겁쟁이일 뿐이다. 사실은 집으로 데려가고 싶은 마음이 굴뚝같다. 그렇지 않다면 무릎 위에 올려놓을 리 없지 않은가. 하지만 미움을 받게 되는 것이, 살아 있는 생명체의 따스한 체온을 잃게 되는 것이 두렵기 때문에, 이렇게 숨을 죽이고 가만히 있는 것이다. 비록 장난삼아 다가오는 것일지라도.

"그 여자 비밀을 하나 더 가르쳐드릴까요?"

남자가 웅크리고 앉아 차토라에게 얼굴을 갖다댔다. 차토라는 쌀쌀맞게 등을 돌렸다.

"이 녀석이 부럽다더군요. 어릴 때 집 건너편에 교장선생님 댁이 있었던 모양이에요. 툇마루에 앉은 교장선생님 무릎이 자신의 특등

석이었다고 했어요. 그런데 징그럽게 무슨 짓이냐고, 엄마에게 혼나고 상처를 받았다더군요. 좋아했다고 했습니다. 그 교장선생님을. 제일 안심할 수 있는 사람이었다고."

"왜요?"

"자기에게서 아무것도 빼앗지 않은 유일한 사람이었으니까."

"그렇게 말하던가요?"

"네. 뭐, 거짓말일지도 모르지만."

차토라의 등을 쓰다듬는다. 과대평가일 것이다. 어떻게 그런 일이 가능하겠는가. 겉으론 고요해 보여도 가슴속엔 언제나 폭풍우가 휘몰아치고 있었다. 거짓말이라도 좋으니 옆에 있어준다면, 옆에서 웃어준다면, 일 초라도 거짓말이 계속되었으면 하고 빌다가도 자신의 추악함을 떠올리며 수치심에 몸이 달아오르곤 했다. 혀와 뇌를 달콤하게 녹인 것은 과자가 아니었다.

"사실은 말이죠," 남자가 또 입을 열었다. "이렇게까지 조사할 필요는 없는 겁니다. 애인의 애인까지 말이죠. 하지만 왠지 너무 신경이 쓰이는 겁니다, 그 눈을 보고 말이에요. 정말 아무것도 없을까 하고."

"말만 하지 말고 꽃을 좀 보는 게 어때요?"

화제를 돌리자 남자는 떫은 표정을 지었다.

"저하고는 잘 안 맞아서요."

"안 맞는 게 많네요."

"벚꽃이란 거, 좀 교활하지 않나요? 눈 깜짝할 새에 사라지면서 사람들을 다 홀리잖아요."

활짝 핀 벚꽃을 남자 둘이 올려다보았다. 바람이 으르렁거리고 꽃잎들이 소리도 없이 흘러내린다. 흰 거품처럼 쏟아진다. 어둑어둑해진 공기 속에서 벚꽃만 어슴푸레하게 빛나 보인다.

"그렇네요. 엄청나고, 또 교활하고."

벚꽃은 매해 피는데 언제나 볼 때마다 눈길을 빼앗기고, 지칠 줄 모르고 가슴에 안타까움이 복받친다. 행복한 꿈같은 나날이 다시 활짝 피는 게 아닐까 하고 기대하게 되어버린다. 포기하고, 또 포기해도. 몸과 마음이 아무리 추하게 일그러져도, 아무리 나이를 먹어도. 봄바람은 언제나 거칠게 불어댄다.

유키는 무서운 것이 없는 게 아니다. 버릴 수 없는 마음이 아직 있기 때문에, 벚꽃을 좋아하지 않았던 것이다. 희망과 꿈과 아름다움을 두려워하는 한, 아직 늦은 게 아니다. 내일로 이어지는 무언가가 아직 유키의 마음 안에 남아 있다. 그리고 봄은 또다시 온다.

어린 그녀는 누구에게 벚꽃 목걸이를 주려 했을까? 언젠가, 거짓말을 하지 않아도 되는 곳을 찾게 되기를.

"벚꽃이 사라져 없어진다면, 봄의 마음은 얼마나 평온하리오."

내가 그렇게 중얼거리자 남자가 나를 보았다.

"옛날 사람들은 참 잘 표현했다 싶어요."

비록 한순간에 사라져버린다 해도, 사람은 꽃 없이 살 수 없다.

마음이 소란스러워지면 비로소 마음 있는 곳을 알 수 있게 된다. 그 폭풍우가 얼마나 부드럽게 마음을 흔들었는지.

살짝 허리를 들어올렸다. 고양이는 경사진 허벅지 위에서 불편한 듯 잠시 버티다가 결국 털썩 뛰어내려 야옹, 하고 울었다. 자리를 뜨던 고양이가 조금 떨어진 곳에서 뒤돌아 우리를 바라본다.

나는 작은 그 그림자에게서 등을 돌렸다.

"지금에서야 실례지만, 성함이 어떻게 되시죠?"

"미야마라고 합니다."

"미야마 씨, 그 과자, 저희 집에서 드시지 않겠습니까? 곧 폭풍우가 올 것 같은데요."

"그래도 되나요? 아, 고맙습니다. 이런, 빗방울이 떨어지기 시작하네요."

차가운 빗방울이 뺨에 닿았다. 자갈이 드문드문 검게 물들어간다.

"일단 마트로 피할까요?"

"어디에 있습니까?"

"뒷문을 나가 오른쪽입니다."

남자는 금방이라도 내달릴 태세였다.

"미안하지만 전 달리지 못해요."

"그렇게 생각하니까 못 달리는 겁니다. 다 습관이에요. 그건 그렇고, 이제 막 피었는데 다 져버리겠네요."

"그럼 진 벚꽃을 보면 되지요. 물가에 뜬 꽃잎 뗏목도 꽤 운치가 있어요."

바람이 으르렁대는 소리가 커졌다. 적당히 안주라도 만들어 미야마 씨와 술을 마시며, 폭풍우가 지나가길 천천히 기다려볼까? 냉장고에 무엇이 있더라? 술 말고는 변변한 게 없구나.

마트에서 재료를 좀 사고 갈까? 오랜만에 실력을 발휘해야겠다.

背中 등

버스에서 내려서자 투명한 공기에 휩싸였다.

졸려서 몽롱했던 정신이 아주 조금 깬다. 하품을 하면서 크게 숨을 들이쉰다.

어젯밤 두 시 넘게 게임을 했더니, 테마파크를 연상시키는 화려한 색채가 여전히 눈가에서 깜박거리는 듯하다.

하늘을 올려다본다.

높고 투명하고 구름 한 점 없다. 오늘은 청명한 가을 날씨가 되겠지.

멍하니 하늘을 올려다보는 나를 학생들이 가벼운 발걸음으로 지나쳐 간다.

삼 년 전만 해도 나 역시 저들과 마찬가지로 친구들과 왁자지껄이 길을 걸어갔다. 숙취 혹은 시험 전날 벼락치기 때문에 비틀비틀

걷기도 했다. 하지만 같은 길을 걷더라도 지금의 나는 예전의 나와는 다르다. 그것을 아는지 학생들은 내게 눈길도 주지 않는다. 조금 거리를 두고 걷는다.

잠이 부족해도, 피곤해도, 학생들의 얼굴에는 '오늘은 뭔가 재미있는 일이 일어나지 않을까?' 하는 기대가 있다. 내게는, 없다. 똑같은 일상을 반복하기 위해 혼자 낡은 교문을 향해 간다. 오늘 하루도 아무 일 없이 평온하게 지나가기를 바랄 뿐이다.

커다란 시계가 걸린 벽돌 강당이 보이면, 학생들 무리에서 떨어져 나와 오른쪽으로 향한다. 거기서 건물들 사이를 지나 도서관 뒤편으로 돌면 나무에 에워싸인 콘크리트 건물이 나온다. 이곳은 낮에도 침침하다. 여름에는 각다귀들이 엄청났다.

뒤로 돌아 도서관을 바라본다. 전통 있는 이 대학에는 낡은 건물들이 많다. 모두가 장엄한 건물들로, 도서관 창틀마저 아치 모양으로 연결된, 지금으로선 드물게 장식적인 디자인이다. 맨 위층의 스테인드글라스가 아침 햇빛을 받아 빛나고 있다.

매일 아침, 내 일터인 종합 연구 자료관과 비교하게 된다. 자료관이라고 하면 멋있게 들릴지 모르겠지만 그저 음울한 잡동사니를 모아둔 창고에 불과하다. 두 달 전 일을 시작했는데, 여태껏 이용하는 학생을 본 적이 없다. 나 역시 학생 때는 이런 곳이 있다는 사실을 알지 못했다. 이곳에는 누구 하나 찾아오는 사람이 없다. 간혹 이 학부 저 학부에서 쓸모없어진 자료와 교재들을 보관하기 위해 옮겨오는 정도다. 그것도, 이유는 알 수 없지만, 우리가 직접 수거하러 가야 한다. 자료라고 해도 책이 아닌 경우가 압도적으로 많다.

자료관 안은 넓다. 다른 세계로 이어질 것만 같은 긴 복도에 수많은 문들이 무기질처럼 늘어서 있다. 지하에도 방이 있나본데 아직 가본 적은 없다.

이 잊힌 건물에는 온갖 알 수 없는 것들이 잠들어 있다. 사백만 점이 넘는다는데, 그게 어느 만큼을 가리키는 숫자인지는 짐작조차 되지 않는다. '자료'는 새끼손톱만 한 돌멩이에서부터 대형 포유류 골격 표본까지 다종다양하기 때문이다. 알 수 있는 것이라곤 이 자료관 안에 살아 있는 사람은 나를 포함해 둘밖에 없고, 우리 둘이서 그 방대한 자료를 관리해야 한다는 사실뿐이다.

그렇다 해도 나는 계약직 아르바이트에 지나지 않는다. 지시에 따르면 그만이다. 하지만 그 지시가 내 하루의 운명을 가른다.

회색 복도 안쪽으로 들어간다. 색깔이 유일하게 다른 문이 관리실 문이다. 그 옆으로, 지하로 이어진 계단이 검은 아가리를 벌리고 있다. 마치 나락처럼.

노크 후 아침인사를 하며 안으로 들어간다. 상대는 늘 대답이 없지만, 인사 없이 들어갔다간 여지없이 싫은 소리를 듣게 된다.

상사이면서 유일한 직장 동료인 이치노세 씨의 그림자가, 방구석에서 누렇게 변한 칸막이에 비친다. 그는 개수대 앞에서 팔꿈치를 직각으로 올려 손목시계를 보고 있다. 그리고 찻주전자를 들어 자기 찻잔에 차를 붓는다. 마지막 한 방울까지 부은 다음 고개를 끄덕이고 찻잔을 한 손에 든 채 칸막이 밖으로 나온다. 자기 의자에 허리를 꼿꼿이 세워 앉아 차를 한 모금 마시고, 은테 안경을 소리가 날 만큼 빡빡 문지른 다음, 그제야 "좋은 아침" 하며 나를 본다. 그사이 가만히 문 앞에 서 있던 나는 그 말에 주문이 풀린 듯 몸을 움직여 내 책상으로 향한다.

"손부터 씻지 그래. 자네가 만지게 될 물건은 보존해야 할 학술 자료야. 모래장난이나 쓰레기 치우는 일로 착각하는 거 아닌가?"

나는 벌떡 일어나 개수대로 향한다. 그사이 이치노세 씨는 내가 오늘 해야 할 일을 시간별로 정리해놓은 일람표를 책상에 두고 간다. 대부분 입력하는 일이다. 관리실의 4분의 3을 차지하고 있는 책장에 자료 목록이 빼곡하게 들어 있다. 그것을 컴퓨터로 옮겨야 한다. 오래된 것은 메이지나 다이쇼 시대의 기록이라서, 나는 변색된 종이를 천천히 넘기며 옛 한자 해독에 골머리를 앓는다.

그동안 이치노세 씨는 자기 일을 한다. 불려가 작업을 도와야 할 때를 제외하고, 그와 이야기를 나누는 것은 출근했을 때와 퇴근할 때뿐이다.

오자마자 지적을 받아 서먹했기 때문에 대화를 시도해본다.

"저기, 오늘 아침엔 시원해서 기분이 좋네요. 벌써 가을이 오나봅니다."

스치면서 그렇게 말하자 이치노세 씨가 미간을 찌푸리고 얼굴을 들었다. 이치노세 씨는 얼굴도 키도 자그마하다. 키가 작은 게 아니라 자그마한 느낌이다. 백설 공주의 일곱 난쟁이 중, 늘 얼굴을 찌푸리고 있는 난쟁이를 닮았다. 항상 셔츠에 조끼를 입고, 머리를 뒤로 바짝 붙인다. 나이는 가늠이 안 된다. 사십 대에서 오십 대 사이일까. 아이들과 아내가 있는 그림을 전혀 상상할 수 없다.

"저기, 가을을 싫어하시나요?"

대답이 없어서 당황해 묻자, 그가 "여름보단 낫지만 낙엽이 더러워"라며 의자에 앉았다.

"난 사계절이 싫어."

"봄도 싫으세요?"

"봄 따위."

이치노세 씨는 믿을 수 없다는 얼굴로 나를 보았다.

"공기에 꽃가루니 세균이니 넘쳐나서 불결하기 짝이 없잖나. 계절은 겨울만 있으면 돼. 겨울은 청결하니까. 도대체 기후 변화가 왜 필요하냔 말이야. 자료 상태만 불안정해지게. 장마철은 정말 최악이야. 벌레 끓지 곰팡이 피지 습기 빨아들이지."

열을 내며 말하는 이치노세 씨에게 "아" 하고 맥 빠진 맞장구를 치자, 깔보는 듯이 코로 숨을 뱉었다. 이치노세 씨는 차를 다 마시자 일어서서 가운을 걸쳤다. 땅에 끌릴 것 같은 옷자락을 펄럭이며 내게 등을 돌린다.

"작업, 시작하지."

재촉을 받고 컴퓨터를 켜자 칸막이 저편에서 "아참" 하는 이치노세 씨의 목소리가 들린다.

"자네, 정문 쪽에서 오나?"

"네."

"은행나무에 단풍이 지면 절대 은행을 밟지 않도록 주의해서 출근하도록 해. 냄새 나고 더러우니까. 신발이 더러워지면 양말만 신고 작업하게 할 걸세."

말을 걸지 말았어야 했다는 생각이 들었다.

점심시간에 매점에 가다가 도서관에 들렀다. 데스크 안쪽에서 하나다 선배가 하늘하늘 손을 흔든다.

그녀는 동아리 선배였다. 재학 중에 사서 자격증을 따더니 졸업과 동시에 대학에서 일을 시작했다. 당시 학생이었던 나는, 졸업을 하고 대학을 나가는 것이 당연한 사람들 사이에서 혼자 변함없는 자리에 남은 그녀가 신기하기만 했다.

한편 나는 취직도 대학원 진학도 하지 못한 채 아르바이트나 하는 처지가 되었다. 딱히 하고 싶은 일을 찾지 못하고 빈둥댈 때, 자리가 났으니 일을 해보지 않겠느냐는 제의를 술자리에서 받았다.

"단기 계약이면 할게요."

나는 그렇게 대답했다. 솔직히 다시 대학으로 돌아간다는 것이 부끄러웠지만, 모처럼의 호의를 거절하기가 미안했다.

"자, 월급이야. 여기 사인해줘."

하나다 선배가 검은색 장부를 편다. 이 대학은 이상한 부분에 고풍스러운 취향이 남아 있어, 아직도 아르바이트 월급을 직접 준다.

"어때, 할 만해?"

하나다 선배가 통통한 얼굴로 활짝 웃으며 말한다.

"할 만하고 뭐고 간에, 감정 따윈 버리고 기계처럼 일하고 있어요. 그 사람하고 잘 지내는 사람이 있긴 해요? 성격이 너무 비뚤어졌어요."

"지금까진 없었어."

"네?"

"다들 석 달도 못 채우고 그만뒀으니까."

"그럼 대체 날 왜 거기로 보낸 거예요?"

큰 소리가 튀어나오는 바람에 옆쪽 데스크의 중년 여성이 나를 노려본다.

"그리고, 도서관 일이라고 했잖아요."

목소리를 낮추고 그렇게 말하자 선배가 "거기도 엄연히 도서관 관할이야" 하며 웃는다. 이 선배는 예전부터 무슨 일에도 흔들리는 법이 없다. 동아리에서도 별명이 '강한 어머니'였다. 어깨를 내려뜨리자 나를 툭툭 두드린다.

"단기 계약이 좋다며? 안 보이는 곳에 있으니까 동아리 후배들 신경 쓸 일도 없을 테고. 그만두고 싶으면 그만둬도 괜찮아. 내 소개라고 눈치 볼 거 없어."

무심코 봤더니 선배는 아무렇지도 않다는 듯 웃고 있었다. 나 자신에 대한 혐오감이 끓어오른다. 나란 인간은 늘 이런 식이다. 물러 터져서 끌려 다니다 결국 다른 사람들이 마음을 쓰게 만든다.

"게다가 난 이치노세 씨 좋아하는데? 프로의식으로 똘똘 뭉쳐 있고 귀여운 구석도 있어. 술이 약해서 과자에 든 술에도 얼굴이 빨개져서 잠들곤 하거든."

그런 창고 같은 곳에서 프로의식이라니, 하는 생각이 들었지만 입을 다물었다. 어차피 반 년 계약이다.

"선배는 왜 대학에 남았어요?"

갈색 봉투를 주머니에 넣으며 물었다.

"이곳을 좋아하니까."

"왜요?"

"왜라니, 그게 무슨 소리야?"

하나다 선배가 쿡쿡 웃었다.

"좋아하는 데 무슨 이유가 있겠어."

쓸쓸한 기분을 안은 채, 도서관의 큰 계단을 종종걸음으로 뛰어 내려 자료관으로 돌아갔다. 관리실 문을 연 순간, 이치노세 씨의 험악한 목소리가 들려왔다.

"그러니까 그런 건 여기 없다고 하잖아요!"

전화 통화를 하는 모양이었다. 내가 들어온 걸 알고 이치노세 씨가 등을 돌려 소리를 죽였다.

"몇 번을 전화해도 소용없어요. 설사 그런 게 있다고 해도 사용 목적을 밝히지 않으면 자료는 보여드릴 수 없습니다!"

이치노세 씨가 날카로운 목소리로 그렇게 내뱉고 전화를 끊더니, 곧바로 수화기를 다시 들어 빠르게 버튼을 누른다.

"지금 여기로 연결한 분, 두 번 다시 연결하지 마십시오. 용건을 확인하고 그쪽에서 거절해주세요. 업무 방해입니다. 네, 다카미네라는 여자입니다. 부탁합니다."

위세 좋게 내뱉고 전화를 끊은 그가 부아가 돋은 얼굴로 손목시계를 보았다.

"시간을 허비해버렸군. 자, 가세."

"네? 어디로요?"

"자넨 내가 만든 스케줄 표는 안 보나? 오후에 수리과학 연구실에 자료 가지러 간다고 써 있잖나!"

"아, 네, 죄송합니다."

뒤를 쫓아가려고 했더니 "장갑!" 하고 새된 목소리로 호통을 쳤다.

나는 성큼성큼 걷는 이치노세 씨를 필사적으로 따라갔다. 수학 강의실로 들어갔더니 교단 옆에 흰 물건들이 산처럼 쌓여 있었다. 그 옆에 교수처럼 보이는 깡마른 남자가 하릴없이 서 있었다.

"사용하지 않는 연구실 책장에서 나왔다네."

흰 모형들은 갖가지 형상을 띠고 있었다. 모래시계 같은 모양도 있었고, 원뿔과 구체가 서로 녹아 있는 것도 있었고, 산맥 같은 형태도 있었다.

"뭐예요, 이거? 미술품인가요?"

나도 모르게 이런 말이 튀어나오고 말았다. 교수는 천천히 턱을 긁적였다.

"그게, 나도 모르겠네. 하지만 수식을 입체화한 것만은 분명해. 함수인가?"

수식을 입체화했다고? 무슨 소린지 모르겠다.

"일단 이대로 두면 전부 깨질 것 같으니 가지고 가주게. 꽤 오래 전에 발견된 수식일 테니까, 더는 쓰이지 않을 거야."

나는 깜짝 놀라 이치노세 씨 얼굴을 보았다. 안 그래도 기분이 좋지 않은데, 이런 쓰레기 회수업자 취급을 받는다면 성질을 부릴 수도 있다.

"사사키 교수님."

이치노세 씨가 조용한 목소리로 말했다.

"아는 범위 내에서도 괜찮습니다. 번호를 달 테니, 이것들이 의미하는 바가 무엇인지 알려주시면 감사하겠습니다. 교수님께서 직접 수집하신 것도 아니고 상당히 이전 것일 테니 어려울 거라고 생각은 됩니다만."

자존심이 상했는지, 교수가 입술을 비죽 내밀었다.

"모르는 건 없어. 시간을 좀 주면 할 수 있네."

"번거롭겠지만, 부탁드리겠습니다."

이치노세 씨는 담담히 고마움을 표하고 번호표를 붙이기 시작했다. 그는 교수가 하는 말을 하나하나 노트에 써 내려간다. 나는 놀라 입이 벌어졌다. 나를 대할 때와는 너무나 다른 태도였다.

번호표 붙이는 일이 대강 끝나자, 이치노세 씨는 모형을 둘러보았다.

"이게 다입니까?"

"일단은."

그 말에 안심이 된다. 각 학부에서 서로 떠맡기는 것들은 대체로 멀쩡한 게 없다. 말라비틀어진 옷감이며, 진흙 덮인 도기며, 벌레 먹은 목기며 박제며. 나는 그것들을 자료관 작업장으로 옮겨 훈증이나 소독 작업을 한 다음, 기록하고 각 방에 수납해야 한다.

죽 늘어선 방들의 문을 열면, 그 안에는 독특한 세계가 정연히 펼쳐진다. 어떤 방은 두루마리만 있고, 어떤 방은 곤충 표본으로 가득차 있다. 인간의 두개골이 수집되어 있는 방이 있는가 하면, 과거의 최첨단 기기가 쌓여 있는 방도 있다. 흑백 사진과 춘화 방, 광석 방, 민족의상 방. 용도를 알 수 없는 것들도 많다.

하지만 어떤 방이든 한 가지 공통점은 있다. 정리된 죽음의 냄새가 떠다닌다는 것. 문을 열고 들어서면, 연구 자료와 교재로서의 역할을 끝내고 시대와 사람과 학문으로부터 잊힌 차가운 유물들의 입김이 밀려온다. 때때로 그 기척에 숨이 얄아지는 느낌이 들어 이치노세 씨의 지시가 없는 한, 나는 방을 들여다보지 않는다. 이치노세 씨가 열쇠를 관리하기 때문에 함부로 들어갈 수도 없지만.

아무튼 이번 자료는 깨지지도 더럽혀지지도 않았고, 수납은 수월할 것 같았다.

"도움은 필요 없겠군. 기록이 끝난 것부터 좀 옮겨주겠나?"

내가 "네" 하고 씩씩하게 대답하자, 교수가 "젊어서 좋군!" 하고 웃었다. 이치노세 씨도 웬일로 슬며시 웃는다.

어? 하는 생각을 하며 모형을 들어올리는데, 순간 후회가 밀려왔다. 석고 모형들은 허리가 꺾일 듯이 무거웠다.

모형 옮기는 작업이 마무리된 것은 업무 시간 종료 겨우 십 분 전이었다. 엘리베이터가 없으니 수레를 사용할 수가 없어, 끈으로 모형을 몸에 묶고 숨을 몰아쉬며 계단을 오르내렸다. 몇 번이나 학생들이 웃으며 지나갔다. 하지만 떨어뜨려 깨지기라도 하면, 피를 토할 때까지 이치노세 씨가 나를 괴롭힐 것이 분명했다.

"다 끝났습니다!"

수학 강의실 옆 연구실을 들여다보니 이치노세 씨는 아직도 교수와 함께였다. 둘이서 한가하게 커피를 마시고 있다.

"이제 돌아가도 좋아."

이치노세 씨가 입구에 주저앉는 나를 돌아보지도 않고 말한다. 결국 아무것도 도와주지 않았다.

애써 화를 삼키고 "수고하셨습니다" 하고 말하고는 짐을 가지러 자료관으로 향했다.

연푸른 저녁 공기에 땀이 식어간다. 피곤했지만, 햇빛도 들지 않는 관리실에서 이치노세 씨에게 감시를 당하며 키보드를 두드리는 것보다는 낫지 뭐, 했다.

자료관 앞에서 IC 카드를 꺼낸다. 엘리베이터도 없는 낡은 건물들이 모여 있어 모든 벽에 금이 가 있는데도, 보안만큼은 최첨단이다. 그런데 자료관 안의 방들은 옛날 열쇠 방식 그대로라는 이 난해한 현실. "예산이 부족하다"는 말이 하나다 선배와 이치노세 씨의 입버릇이다.

카드를 통과시키려는데 자료관 옆쪽에 선 나무가 흔들렸다. 자세히 보니 누군가 서 있다. 가슴이 철렁해서 뒷걸음질을 치는데 "저기요" 하고 단정한 목소리가 들려왔다.

"종합 연구 자료관 분이신가요?"

누군가가 똑바로 다가온다. 어둠 속에 계란형의 흰 얼굴과 셔츠가 선명히 드러났다. 몸에 꼭 맞는 청바지 차림에 운동화를 신었는데도 나와 키가 엇비슷한 여자였다. 긴 머리를 뒤로 아무렇게나 묶었다.

"네, 일단은 그렇습니다만."

"일단은?"

여자가 고개를 갸우뚱했다.

나보다 위일까? 여자는 사교적인 웃음도, 이상하다는 표정도 짓지 않는다. 차분하다.

"낮에도 전화 드렸던 다카미네라고 합니다. 혹시 기억하시는지?"

전화 업무는 제 소관이 아니라서, 라고 말하려다 다카미네라는 이름에 "아" 하고 입이 열렸다. 분명 이치노세 씨가 낮에 전화로 화를 내던 사람이다.

"기억나시나요? 사람 가죽 건으로 부탁을 드리러 왔습니다."

"사람 가죽이라고요?"

내가 그렇게 말하자 다카미네라는 이름을 댄 여자의 입이 딱 다물어졌다.

그리고 조금 후 초조함이라곤 전혀 없는 어조로 말했다.

"당신이 아니군요. 목소리가 달라요. 초조하게 굴다 제가 착각을 했습니다."

"죄송합니다. 전 그냥 아르바이트생이에요. 담당자는 지금 안 계시는데요."

"그렇군요. 저야말로 죄송합니다."

여자는 무표정하게 말한다. 실망도 무시도 떠오르지 않았으나, 친근함도 없다. 여자란 존재는 본래 방긋방긋 웃거나 화를 내거나

둘 중 하나인, 성가실 만큼 감정적인 동물이라는 게 내 생각이었다.

그런데 어느 쪽에도 끼워 맞출 수가 없다. 뭐라 해야 좋을지 고민하고 있는데, 여자가 몸을 획 돌려 등을 보였다.

"다시 올게요."

"잠깐만요."

내가 쫓아가자 여자가 갑자기 뒤를 돌아보았다. 가깝다. 반짝반짝 매끈한 이마가 눈앞에 있어 당황스럽다. 얼굴을 뒤로 뺀다. 심장이 크게 뛰었다.

"저기, 사람 가죽이란 게 뭡니까?"

나는 애써 몸의 균형을 유지한다. 상대는 등줄기를 꼿꼿이 세운 채 서 있다.

"이곳에 무두질한 사람 가죽 표본이 있다는 얘기를 들었어요. 정확하게는 문신 표본입니다만."

"문신?"

"네, 전쟁 전부터 이 대학이 수집했다고 들었거든요."

"문신을 남기기 위해 사람 가죽을 벗긴 건가……"

사람의 가죽. 끔찍하다. 얼굴을 찌푸리는 내게 여자가 대수롭지 않다는 얼굴로 말했다.

"벗긴 건 죽고 나서일 겁니다. 여긴 대학 병원도 있잖아요."

분명 있긴 하지만 의사가 그런 일까지 할까? 아니, 죽고 나서 벗긴다고 해도 야만스럽다는 생각이 줄어드는 건 아니다. 그런데 이 여자, 왜 그런 게 보고 싶은 걸까?

여자는 여전히 나를 똑바로 바라보고 있었다. 위험한 느낌은 없다. 아니, 오히려 꽤 미인 축에 속한다.

"여기 학생은 아니신가보군요."

"네."

그럼, 연구나 논문 목적은 아닌 건데. 문신 수집가인가. 하지만 피어싱조차 하지 않았다. 의외로 그런 취미가 있는 사람은 피어싱 같은 건 지나치게 평범하다고 생각할지도 모른다.

이유를 물어도 될지 고민하고 있는데 여자가 고개를 숙였다.

"실례하겠습니다."

이번에는 불러 세우지 않았다. 지금 이치노세 씨를 불러와봐야 분명 보여주지 않을 테니까.

나는 자세 좋은 여자의 뒷모습이 저녁 어스름 속에 사라져가는 것을 가만히 바라보고 있었다.

여자는 다음 날도 왔다.

담당자를 불러줄 사람이 없어, 자료관 앞에서 점심나절부터 서 있었던 모양이다. 밖에 나갔던 이치노세 씨가 불쾌한 얼굴로 되돌아왔기 때문에 직감할 수 있었다. 그녀는 나를 보자 가볍게 머리를 숙이고, 바로 자료관 문 쪽으로 시선을 돌렸다. 곧추선 모습이 흡사 충견 같았다.

그 후 매일 그녀의 모습을 봤다. 아침, 저녁, 혹은 점심시간일 때도 있어 시간은 일정치 않았지만, 그녀는 매일같이 찾아왔다. 이치노세 씨가 자료관에서 나가면 내달려와 "문신 표본을 보여주시면 감사하겠습니다" 하고 허리를 숙였다.

이치노세 씨는 아무리 화가 나도 반드시 발걸음을 멈췄다. 이상하게도 무시하지는 않는다.

"이곳에 그런 건 없습니다. 있다고 해도 이곳의 자료는 교육 및 연구 목적을 위해 수집한 것들입니다. 당신의 목적은 무엇인가요?"

"그저 보고 싶을 뿐이에요."

"고려해볼 필요조차 없는 말이군요."

"그런가요? 다시 오겠습니다."

여자는 차분한 목소리로 그렇게 말한다. 처지지도 화내지도 않고, 잠시 자료관을 바라보며 서 있을 뿐.

언제나 같은 대화였다. 흡사 어떤 의식 혹은 게임이 아닌가 싶을 만큼 두 사람은 매일 같은 대화를 반복했다. 질리지도 않는군, 놀랄 정도였다.

일주일이 지났을 무렵, 집에 돌아가는 길에 그녀에게 말을 건넸다.

"저기, 이런 말 좀 그렇긴 하지만, 포기하시는 게 어떨까요?"

"왜요?"

"이치노세 씨는 고집이 어마어마한 분입니다. 결벽증도 있고요. 양보하지 않을 겁니다. 게다가 없다고 하잖아요."

여자는 잠시 입을 다물었다.

"하지만 있을 거예요. 문신하는 사람을 하나 아는데, 그 사람이 이곳에 그걸 판 사람이 있다고 했거든요."

"팔아요?"

"표현이 좀 그랬군요. 연구 대상물 제공에 대한 사례가 있었다고 해요."

여자는 슬쩍 손목시계를 보았다.

"충고 고마워요. 하지만 저도 고집이 세거든요. 오늘은 이만 가볼게요."

긴 머리가 살랑 흔들렸다. 자세 좋은 등. 이 사람은 내게 은밀히 부탁하려고 들지도 않는다. 끝내 정공법으로 나갈 셈인가.

"왜 그렇게까지 하는 거죠?"

나도 모르게 여자의 등에 대고 소리쳤다.

"보고 싶어서요."

여자는 뒤돌아 나를 응시했다.

"푸른색 벚꽃 꽃보라 문신을 찾고 있어요. 전 그걸 보고 싶을 뿐이에요."

여자는 한 차례 말을 끊고 천천히 덧붙였다.

"무척."

귀가 뜨거워졌다. 억누른 목소리였지만, 그녀의 말 속에는 어떤 뜨거운 것이 흐르고 있었다. 사적인 무언가를 들여다보고 만 느낌이었다.

"문신, 본 적 있어?"

내가 아무 말이 없자 여자가 말했다.

"네? 없긴 한데……"

"보고 싶지 않아?"

뚫어지게 여자의 몸을 쳐다보고 말았다. 무슨 뜻일까?

"보고 싶으면 따라와."

여자가 휙 등을 돌리고 걷기 시작한다. 나도 모르게 끌려가듯 따라갔다.

성큼성큼 걷는 그녀를 따라가는데, 아, 좀 전에 말을 놓았어, 하는 생각에 발걸음이 조금 가벼워졌다.

버스와 전철을 갈아타고 도착한 곳은 교외의 평범한 맨션이었다. 옆쪽으로 펼쳐진 논에서 벼가 무거운 듯 흔들리고 있었다. 다카미네 씨 집인가? 갑자기 옷을 벗기거나 하면 어떻게 반응해야 하지? 만져도 되나? 아니, 보기만 하는 것일 테지. 내가 잘못된 망상을 펼치고 있을 때, 옆에서 다카미네 씨가 인터폰을 눌렀다.

"네."

굵직한 남자 목소리가 들려 깜짝 놀랐다.

"늦어서 죄송해요. 다카미네예요."

"아, 지금부터 할 거니까, 괜찮아."

금속음이 울리며 문이 열렸다. 다카미네 씨가 내 옆을 쓱 지나 맨션으로 들어간다.

"여기가, 어디죠?"

"문신하는 사람 가게야. 이제 곧 제자에게 문신을 할 거야. 내가 항상 보여달라고 하거든."

"네? 지금요?"

동요하는 나에게 다카미네 씨는 아무렇지 않은 얼굴로 끄덕인다. 갑자기 심장이 쿵쾅거리기 시작했다. 덫에 걸린 게 아닐까? 안으로 들어가면, 폭력배 같은 사람이 다카미네 씨와의 관계를 캐물으며 돈을 뜯어내는 게 아닐까? 꽃뱀인가?

"저기, 역시 전······"

멈칫멈칫 하고 있는데, 엘리베이터 문이 열리고 말았다. 다카미네 씨가 성큼성큼 복도를 걸어간다. 이제 아무 소리도 들리지 않는다. '문신 조영彫影'이라는 문패가 달린 문에 노크를 하고 대답도 기다리지 않고 들어간다. 이제 어쩔 수 없다. 나는 마음을 단단히 먹고 따라 들어갔다. 언뜻 보기엔 평범한 가정용 맨션이었다. 현관에 신발을 가지런히 놓고 조용히 거실 마루로 향한다.

커튼이 쳐져 있었다. 나는 놀라 멈춰 선다. 벽이 온통 문신 사진이었다. 사람 피부와 극채색의 문양이 번들번들 사방을 물들이고 있었다. 나는 그만 압도되어 말을 잃는다.

"어, 미네, 그 사람 누구? 남자친구?"

옆방에서 목소리가 들려왔다. 검은색의 진찰대 같은 의자에 누운 남자가 나를 본다. 반라에 모히칸 스타일의 머리를 하고 있다.

"말도 없이 데려와서 죄송해요. 아는 사람인데, 문신하는 걸 보고 싶대서."

부엌에서 다카미네 씨의 목소리가 들리고, 다른 한 남자가 나왔다. 남자는 수염을 길렀고 민머리에 검은색 작업복 차림이었다. 무서워 보이는 외모와 다르게 온화한 눈으로 나를 바라본다.

"자네도 하려고?"

"아뇨, 전 그냥. 미안합니다, 갑자기."

"괜찮아, 천천히 보고 가. 모르는 게 있으면 뭐든 물어보고."

남자는 천천히 마루를 걸어가 검은색 의자 옆에 앉는다. 봉투를 뜯어 바늘을 꺼내는데, 따라온 주제에 나는 그만 눈길을 피해버리고 만다. 그리고 드디어 들려오는 기계 진동음.

얼굴을 드니 "지금은 기계를 많이 써" 하고 민머리가 웃어 보였다. 나는 천천히 다가간다. 생각보다 기계가 많아 사뭇 공방 같기도 하다. 손으로 그린 그림이 방을 가득 채우고 있었다.

모히칸의 등에는 화려한 갑옷을 입고 거대한 두꺼비 위에 올라탄 사무라이가 그려져 있었다. 오늘은 색을 입히는 모양이었다. 색색의 잉크병이 늘어서 있다. 문신을 하면서 연신 투명한 연고를 바른다.

"피가 많이 안 나네요. 그다지 아파 보이지도 않고."

"그래도 아프긴 아파. 줄기 문신보다는 낫지만. 미네 앞이라서 참고 있을 거야. 봐, 땀이 맺혔지?"

타투 잡지를 들추고 있던 모히칸이 "들켰네" 하며 웃는다. 등에 송송 땀방울이 맺혀 있다.

"줄기 문신이 뭔데요?"

"그림 주선 말이야. 이런 부분이라든가. 두껍잖아? 깊게 파는 거야. 남자들 중에는 시끄럽게 구는 놈도 있어. 하지만 여잔 강하지, 문신할 때 잠드는 사람도 있거든."

민머리는 허물없이 말해주었다. 자세히 보니 나와 비슷한 나이 같기도 했다.

"이 일은 언제부터?"

"고등학교 졸업 후 스승님 밑으로 들어가 배운 게 벌써 팔 년 전인가. 독립한 지는 삼 년 됐어."

나와 겨우 두 살 차이다. 그런데 벌써 가게에 제자까지 두고 있다니. 슬쩍 다카미네 씨를 보니 긴 의자 옆에 쭈그리고 앉아 골똘히 바늘 끝을 바라보고 있다. 때때로 벽에 붙은 사진도 본다.

"찾았어, 푸른 꽃보라?"

"아직."

다카미네 씨가 고개를 옆으로 흔든다. 왠지 연약해 보인다, 아이 같다.

"푸른 꽃보라라는 게 뭔가요?"

내가 묻자 민머리가 잠시 손을 멈췄다.

"옛날에 말이지. 좀 특이한 문신을 하는 사람이 있었는데, 그 사람 작품이야. 잉크만 썼기 때문에 그 사람 작품은 전부 푸른색이지. 잉크는 사람 몸에 스며들면 파랗게 되거든."

"그러니까, 그 꽃보라도……"

"맞아. 보통 벚꽃이나 구름이나 파도 같은 건 배경으로만 쓰거든. 게다가 벚꽃에는 대체로 색을 입히지. 텔레비전에서 해주는 시대극〈도야마노긴상〉 본 적 있지? 왜, 색깔이 선명하잖아. 그런데 그 작품은 등 전체가 잉크색 벚꽃인 거야. 잉크 하나로 색을 내려면 엄청난 기술이 필요해. 나도 소문으로만 들었어. 미네는 그걸 찾고 있는 거야. 안 그래?"

또다시 아이처럼 다카미네 씨가 고개를 끄덕였다. 푸른 살균등 불빛이 그녀의 뺨을 살며시 비추고 있었다.

남자는 중간에 휴식을 취했다. 다카미네 씨는 현관 옆에 있는 모히칸의 작업장으로 갔다. 모히칸도 그곳에서 타투 일을 하고 있었다.

"난 원 포인트는 하지 않아."

남자가 기계를 닦으면서 말했다.

"왜요?"

"왜라니, 난 원 포인트 타투가 멋있다고 생각하지 않아. 내가 좋다고 생각하지 않는 걸 어떻게 하겠어? 그런데 너, 좀 여자 같다. 여자들은 의미를 두려는 경향이 있거든, 문신에다가. 남자가 문신하는 건 이유가 단순해. 멋있으니까, 그뿐이지."

나는 부끄러워져 고개를 숙였다.

"그런데 다카미네 씨는 그 푸른 벚꽃을 보고 어쩔 생각일까요?"

"단순히 생각하면 문신을 하려는 거겠지?"

"여자인데 등 전체에다요?"

"많진 않아도 그런 경우가 없는 건 아니야."

남자는 손을 멈추고 기지개를 켰다.

"그래도 난 별로 하고 싶지 않아. 지금 미네한테는 말이야. 어울리는 사람이 했으면 좋겠어. 외모가 아니라, 마음이. 그런 문신은 흔들리지 않는 사람이 해야 좋지. 일본 문신은 크니까. 편견 같은 것도 아직 있고. 그런 걸 다 받아들이고도 쓰러지지 않을 수 있는 사람에게 문신을 하고 싶어."

"다카미네 씨, 강하지 않은가요?"

"글쎄? 일본 문신을 등에 하려면 석 달 정도는 걸려. 그동안 손님과 매주 일대일로 얘기를 나누지. 몸을 맡기면 상당히 깊은 얘기까지 하게 돼. 난 사람들의 여러 부분을 꽤 많이 봐왔지. 사람은 겉모습과는 다른 법이야."

저쪽에서 두 사람의 목소리가 다가오자, 그가 입을 다물었다.

"너, 연습 잘해."

방에 들어온 모히칸의 다리를 가리키며 웃는다. 반바지 아래로 보이는 종아리에 하다 만 문신이 가득했다.

이 사람들이 이상하게 날카롭지 않고 포용적이고 당당한 것은 자기가 하고 싶은 일에 대한 세상의 시선을 그대로 받아들이기 때문이다. 다카미네 씨 역시 마찬가지다. 그래서 거부당해도 상처받는 일이 없고, 목소리를 높여 자신의 의견을 강요하지도 않는다. '나는 나'라는 것을 분명히 알고 있다.

하루에 가능한 정도의 문신이 다 끝나자, 다카미네 씨는 서둘러 집으로 돌아갔다.

집에 돌아오고 나서도 상처와 잉크 냄새가 코 안쪽에 남아 있는 기분이었다. 눈을 감자 다카미네 씨의 흰 목덜미가 떠올라 좀처럼 잠을 이룰 수 없었다.

그 후에도 다카미네 씨의 자료관 방문은 계속됐다. 이치노세 씨도 고집을 꺾지 않았고, 둘은 영원히 평행선을 이룰 것처럼 보였다.

"오늘은 작업이 끝날 때까지 집에 안 갈 거니까, 자넨 시간 되면 집에 가게."

어느 날, 이치노세 씨가 벽의 열쇠 선반을 열며 그렇게 말했다. 그러곤 아랫단에 걸린 낡은 열쇠 꾸러미를 쥔다. 지하실 열쇠였다. 이치노세 씨는 나를 지하에 데리고 가지 않는다.

그가 공구 상자와 라벨이 들어 있는 선반을 열고, 병과 천을 꺼낸다.

"밑에서 뭐 하시는데요?"

"가죽에 기름을 칠하지. 때때로 그렇게 손질을 해줘야 해."

귀를 의심했다.

"설마, 진짜로 있는 거예요? 사람 가죽이?"

이치노세 씨가 자리에서 일어났다.

"그렇다면?"

뭐가 어때서 하는 표정이었다. 피가 거꾸로 솟는 느낌이었다.

"너무하잖아요. 그분께는 왜 없다고 하셨죠?"

"규칙이 그러니까. 사람 피부라고 해서, 동물의 가죽과 본질적으로 다른 건 없어. 털이 적을 뿐이지. 그런데 사람들은 인간의 몸을 연구 재료로 삼는 것을 특별하게 생각하지. 윤리관을 묻거나, 혐오감을 가지거나. 과잉된 호기심이 쏟아지면 골치가 아파져. 학술 자료는 장난감이 아니야. 나쁜 소문이 돌아도 곤란하고. 그래서 특별한 이유가 없는 한 공개하지 않아."

"하지만 그분은……"

"학술 목적인가?"

"네?"

"학술 목적이라면 아무 학부라도 좋으니 허가를 받아오라고 전해주게."

"아니, 그렇지만…… 왜냐면 저렇게……"

"들을 생각 없어."

이치노세 씨는 열쇠를 주머니에 넣었다. 그리고 "그럴 필요를 못 느껴" 하며 문으로 향했다.

열심히 문신을 바라보는 다카미네 씨의 옆얼굴을 떠올렸다. 그녀는 매일, 같은 얼굴로 자료관 입구를 바라보고 있다. 그저 보고 싶다고 했다. 이유는 알 수 없다. 하지만, 누군가 이렇게까지 한다면, 분명 무언가 이유가 있는 것일 텐데. 그 정도쯤은 알아줘도 될 텐데.

"정말 너무하네."

이치노세 씨가 뒤를 돌아보았다. 그가 차가운 눈을 가늘게 뜬다.

"당신은 오만한 사람이야. 자기 영역 안에서 우쭐대고 있을 뿐이지. 이런 데를 누가 오겠어. 아무도 필요로 하지 않잖아. 그걸 알면서도 자존심이 허락하지 않는 거겠지. 보여주기를 아까워하면서, 자기가 하는 일에 가치를 두어보려고 안간힘을 쓸 뿐이야."

마음속에 있던 말을 내뱉고 나자 온몸에서 피가 빠져나간 듯했다. 이제 끝이구나, 하는 생각이 들었다.

"다 끝났나?"

이치노세 씨가 담담한 목소리로 말했다. 그 고요함이 무서웠다.

"나름의 의견이 있는 듯해서 들어줬네. 나를 어떻게 생각하든 상관없지만, 자네 말 중 한 가지는 틀렸어. 이 일의 가치는 우리가 정하는 게 아니야. 그게 결정되는 건, 이곳의 자료가 연구에 도움이 되는 때야. 그날이 오지 않는다고 해도, 그날까지 무엇 하나 소홀함 없이 기록하고 보존하는 게 내 일이고."

그는 그렇게 말하고 방을 나갔다. 반박의 여지가 없었다. 틀린 말이 아니다. 틀린 말이 아니지만, 나는 싫다.

밖으로 달려 나갔다. 나무 사이에서 다카미네 씨가 얼굴을 들었다.

"연구 목적이라고 말하세요. 뭔가 이유를 만들어내세요."

다카미네 씨는 단호히 고개를 저었다.

"거짓말은 하지 않을래. 나는 보고 싶어, 그저 보고 싶을 뿐이야. 그것만으론 왜 안 되는 거지? 그 이유가 다른 이유보다 못하다고는 생각지 않아."

"그럼 앞으로 사흘 동안 오지 말아주세요. 제가 어떻게든 해보겠습니다."

다음 날은 평소보다 버스를 하나 일찍 탔다. 관리실 문을 열자 이치노세 씨가 물을 끓이고 있었다.

그가 평소처럼 퉁명스러운 목소리로 "빨리 왔군" 하고 뒤도 돌아보지 않고 중얼거린다.

"어제는 죄송했습니다" 하고 고개를 숙이자, 이치노세 씨는 끓인 물을 식히며 "그 여자, 오늘 아침엔 안 보이네?" 하고 말했다. 다른 것은 평소와 다름없었다.

약속대로 사흘 동안 다카미네 씨는 나타나지 않았다. 이치노세 씨는 이제 그녀의 존재를 잊었는지 아무 말도 하지 않았다. 경제학부에서 받은 동양 화폐를 기록하는 일과 그것을 수납하던 특제 캐

비닛 수리를 하느라 정신이 없었다.

이치노세 씨는 거의 모든 걸 스스로 했다. 업자를 불러 기기 정비나 공기 조절을 부탁하는 경우도 있었지만, 기본적으로는 시행착오를 거치며 자기 방식으로 모든 자료를 정비하는 것 같았다. 엄청나게 손재주가 좋은 사람이었다.

사흘째 되던 날 아침, 나는 평소보다 한 시간 일찍 출근해 관리실 앞에서 기다렸다. 이치노세 씨는 나를 보고 흠칫 놀라는 얼굴을 했지만, 평소와 다름없이 문을 열고 양복을 벗고 열쇠 꾸러미를 가운 주머니에 넣었다.

"모처럼 빨리 왔으니, 제가 차라도 끓일까요?"

이치노세 씨가 수상하다는 표정을 지었다.

"기억하세요? 매일 오던 그 여자 말예요. 어제 집에 가는 길에 만났습니다. 폐를 끼쳤다고 죄송하다며 홍차를 선물하더군요. 이제 포기했다고 하더라고요."

"그래? 그럼 마셔볼까?"

이 일을 위해 홍차 전용 둥근 주전자까지 구입했다. 나는 인터넷에서 알아본 절차대로 정성 들여 홍차를 끓였다. 그리고 이치노세 씨의 컵에 브랜디를 넣었다.

"향이 엄청나네."

"홍차니까요."

미간을 조금 찌푸렸지만, 이치노세 씨는 받아든 홍차를 다 마셨다.

서로 작업을 개시하고 십 분 후, "미안" 하는 목소리가 뒤에서 들려왔다. 뒤를 돌아보고 깜짝 놀라지 않을 수 없었다. 이치노세 씨의 얼굴이 목까지 새빨개져 있었던 것이다.

"몸이 안 좋아서 의무실에 가봐야겠어. 자네는 스케줄대로 작업을 계속해주게."

"저기, 목을 좀 느슨하게 하는 게……"

"아."

"가운도 벗는 게 좋겠어요."

"그래."

이치노세 씨가 나가자 나는 가운 주머니에서 열쇠 꾸러미를 꺼내, 열쇠 선반으로 달려갔다. 떨리는 손으로 열쇠를 하나하나 시험해본다. 세 번째 열쇠에서 문이 열렸다. 주위를 살피며 선반을 연 다음 맨 아랫단의 녹슨 열쇠 다발을 들고, 다카미네 씨에게 전화를 했다.

전깃불을 켜면 들킬 우려가 있어 회중전등으로 비추며 계단을 내려갔다. 늘어선 문에는 '의학 부문'이라는 라벨이 붙어 있었다. 기분 나쁜 예감은 적중했고, 나는 문을 열 때마다 비명을 억눌러야 했다.

진짜 사람의 뼈 같은 오래된 골격 표본, 납으로 된 해부 모형, 기병 사진, 옛날 의료기구, 진짜 같은 미라까지 있었다. 포르말린에 담긴 뇌에는 각 분야에서 걸출한 인물들 이름이 적혀 있었다. 기형 태아 표본이 한 면에 장식된 방의 문을 열었을 땐 말을 잃었다. 이치노세 씨가 보이고 싶지 않아하는 기분을 알 것 같았다. 지하는, 머리로는 알고 있어도 감정이 따라가지 못하는, 그런 자료들로 넘쳐나고 있었다.

다카미네 씨는 변함없이 차분했다. 회중전등에 비친 옆얼굴이 창백했다. 나는 무서운 표본보다 어둠 속에서 말없이 눈을 부릅뜬 그녀가 더 무서워졌다.

순간, 방을 들여다본 다카미네 씨가 "아" 하는 소리를 냈다. 그녀는 안쪽으로 손을 뻗어 탁, 하고 불을 켰다.

쏟아지는 흰 빛에 커다란 검은 테두리 액자들이 드러났다. 그중에는 용과 호랑이와 모란, 천신, 갑옷 입은 무사 같은 극채색의 용맹한 그림들이 있었다. 하지만 그것들은 종이가 아니라 살가죽에 그린 것들로, 벗겨낸 누런 가죽은 사람의 등과 팔과 허벅지라는 걸 단박에 알 수 있었다. 방 안에는 토르소도 나란히 놓여 있었는데, 옷을 입은 것처럼 꿰맨 가죽이 이어져 있었다.

들어가기가 무서웠다. 그런 내 옆에서 다카미네 씨는 어떤 그림 한 점을 바라보고 있었다.

안쪽에 단 하나, 온통 푸른색의 그림이 있었다. 다른 것들에 비해 살갗에 누런 빛이 덜했다. 문신은 아직 윤기가 남아 있는 깊은 남색이었고 다른 그림들처럼 검게 변해 있지 않았다.

푸른 벚꽃이 춤을 추고 있었다. 이토록 생생한 벚꽃을 본 것은 처음이었다. 일그러져 있었지만, 그래도 아름다웠다.

비틀비틀 다카미네 씨가 그림을 향해 다가갔다.

그녀는 코앞에서 문신을 올려다본 채로 무릎을 꿇었다. 입술이 떨렸고 눈물이 바닥에 뚝뚝 떨어졌다. 그녀는 뭔가 중얼대고 있었다. 일찍이 있었던 무언가를 찾듯, 손을 뻗으면서.

나는 눈길을 피하고 문을 닫았다.

연인이었을까? 순간, 가슴이 아려왔다.

그리고 이제 모든 게 아무래도 상관없다는 기분이 들었다. 관리실로 돌아온 나는 열쇠 다발을 내던지고, 책상에 다리를 올린 채 천장을 올려다보았다.

다카미네 씨는 점심이 지나도록 나오지 않았다. 이치노세 씨도 돌아오지 않았다.

문까지만 바래다주겠다고 하고 다카미네 씨와 은행나무 가로수 길을 걸었다. 열매를 밟지 말라던 주의가 떠올랐지만, 신경 쓰지 않고 밟아 으깼다. 투명한 햇빛이 은행을 금빛으로 반짝이게 했다.

"이런저런 상상을 하고 있겠지?"

부은 눈을 손등으로 누르며 다카미네 씨가 말했다. 나는 묵묵히 고개를 끄덕였다.

"그거…… 아빠야. 아마."

"네?"

"아주 어릴 때, 일 년에 한두 번 남자가 찾아왔어. 늘 기쁜 듯이 날 껴안아주고는 엄마와 오랫동안 방에 있었어. 그런 날은 엄마가 무척 예뻤어. 여자였지. 여잔 아무리 어려도 그런 걸 느낄 수 있어."

신발코로 은행나무 열매를 가볍게 찬다. 운동화는 어느덧 쇼트부츠로 변해 있었다.

"한번은 있지. 몰래 벽장에 숨었어. 엄마의 비명 같기도 하고 웃음소리 같기도 한 소리가 들렸어. 벽장문을 조금 열었더니, 그 사이로 푸른 벚꽃이 흐드러지게 핀 등이 보이는 거야. 엄마의 흰 팔이 그 꽃잎을 쓰다듬고 있었어. 벚꽃 속에서 춤을 추는 것 같았지. 강렬해서, 잊을 수 없었어."

그녀는 담담하게 말했다. 때때로 작게 숨을 내쉬면서.

"그런데 엄마에게 그 얘길 했더니 불같이 화를 내는 거야. 그런 건 없다면서. 누구에게 물어도 푸른 벚꽃 꽃보라는 없다고 했어. 하지만 난 꼭 다시 보고 싶었어. 너무 그리웠거든."

무슨 말을 해야 할지 알 수 없었지만, 절실함만은 아프도록 전해졌다.

"올여름에 어머니가 돌아가시고 이제 그 푸른 꽃보라를 아는 사람이 나밖에 남지 않았다는 생각이 들었어. 견딜 수가 없더라고. 그게 존재한다는 걸 확인하고 싶었어. 안 그러면 내가 사라져버릴 것 같았거든. 이상하지?"

나는 고개를 저었다. 다카미네 씨는 걸음을 멈추었다.

"고마워."

"이제 된 건가요?"

"응, 됐어. 틀림없이 있었으니까. 그걸로 된 거야. 정말 고마워."

뭔가 그럴듯한 말을 해주고 싶었다. '천만에요' 따위가 아니라 뭔가 다른 말을.

"저기," 나는 다카미네 씨 앞에 섰다. "또 볼 수 있을까요?"

"내가 이상하지 않아?"

"이상해요, 하지만."

하지만, 뭐랄까. 어쨌든 이대로 끝내고 싶지는 않았다.

"다카미네 씨가 아까 같은 푸른 벚꽃 문신을 한다고 해도 전 괜찮아요."

다카미네 씨는 나를 가만히 바라보고, 처음으로 웃었다.

"그래. 또 보자."

꽃이 피는 것 같았다.

퇴근 무렵, 하나다 선배가 문단속을 하러 자료관으로 왔다.

"이치노세 씨는 집에 가셨어. 이런 일 처음이야."

"저, 이제 끝일까요?"

"왜? 마음에 들어하시는데."

하나다 선배가 놀리듯 쿡쿡 웃는다.

"설마요, 농담이 심하네요."

"정말이야. 이치노세 씨가 지하에 안 데리고 갔지? 거기엔 학문의 금기들이 잠들어 있어. 학문엔 그런 것들이 불가결한데. 너무 그로테스크하지. 보고 나면 모두들 끔찍해하면서 그만둬버려."

"저, 봤어요."

"멋대로? 혼날 텐데?"

"그러니까 이제 끝이라고 했잖아요."

"그럴 거 같진 않은데?"

하나다 선배는 후후 웃고는, 책상 위에 던져져 있던 이치노세 씨의 가운을 정리했다.

다음 날, 이치노세 씨는 수척한 얼굴을 하고서도 정시에 출근을 했다. 목덜미에 붉은 반점이 보였다. 나는 죄책감이 들어, 이치노세 씨가 스케줄 표를 출력하기도 전에 그의 책상 옆에 가서 섰다.

"사과드릴 것이 있습니다."

"사과는 조퇴를 한 내가 해야지, 자네가 무슨?"

"그게, 실은……"

이치노세 씨가 일어서서 가운을 입었다. 눈앞에서 흰 천이 펄럭펄럭 소리를 냈다.

"오늘은 바쁜 하루가 될 거야. 예전 졸업생이 전쟁 전 포스터를 대량으로 기증했어."

그가 스케줄 표를 건넨다.

"잠시만 시간을……"

"자넨 연구가 무얼 위해 있는지 아나?"

"네?"

"모든 연구는 사람을 구하기 위해 있는 거야. 누군가의 행복을 위해서. 누군가가 행복해지는 데 도움이 될 거라고 믿고 나는 매일 이 일을 하고 있어. 자네도 자네가 믿는 걸 따르게."

그가 자기 몸에 너무 큰 가운을 펄럭이며 걷기 시작한다.

"뭘 넋 놓고 있어!"

소리치는 목소리가 과장되게 느껴져 웃음이 새어나오고 말았다.

나는 조급한 듯 걸어가는 자그마한 등을 따라간다. 그 뒷모습이 싫지 않다.

벗나무의 비밀 색

樺の秘色

유령 따위 본 적이 없었다.

그러니 그것을 유령이라 해야 할지 알 수 없었지만, 적어도 내게만 보이는 것 같기는 했다.

그것은 소녀의 형태를 띠고 있었다. 꽃다운 나이의 화사함을 뿜어내는 날이 있는가 하면, 막 사춘기에 접어든 날선 눈빛을 하는 날도 있었다. 흐릿하게 윤곽조차 알아볼 수 없는 날도 있었다.

하지만 늘 같은 소녀임에는 틀림없었다.

옷은 잘 보이지 않았다. 기모노 같기도 하고 긴 원피스 같기도 하고 몸빼처럼 보이기도 했다. 모두 다 옛 시절을 떠올리게 하는 것들이라 아무래도 유령이 아닐까 싶었다.

두려움을 느낀 적은 없다.

소름이 돋거나 등줄기가 서늘해지는 경우도 없다. 가위눌림 비슷한 것도 없다. 문득 정원에 눈길을 던지면, 소녀는 어느새 오래된 그루터기 옆에 고요히 서 있곤 했다.

투명한 눈은 나를 비추고 있지는 않았다.

소녀의 주변에서는 늘 뭔가가 어른거렸다. 어른거림이 심해지면 소녀의 모습이 부예졌다. 화면이 흐릿한 브라운관 텔레비전 같았다. 어른거림이 점점 심해진다. 그리고 이제 곧 지지직 소리가 날 것처럼 흔들리는 순간, 소녀의 모습은 사라진다.

잔상조차 없이, 홀연히.

툇마루로 이어지는 유리문을 연 순간, 탁자 위에 놓인 휴대전화가 진동했다. 탁자를 시끄럽게 흔들며 기어 다닌다. 가장자리에서 떨어지려는 순간, 무릎걸음으로 다다미를 지나 낚아챈다.

어머니 전화였다. 주저앉아 귀에 댔다. 다다미는 먼지로 조금 거슬거슬했다.

"사키, 지금 어디니? 차 좀 쓰고 싶은데."

"할머니 집."

나는 정원을 바라보며 대답한다. 신록의 잎이 반짝였다. 낡은 집을 채웠던 곰팡내 나는 공기를 밀어내듯이, 싱싱한 식물 냄새와 새소리가 흘러 들어온다.

"또 거기 갔어? 살아 계실 땐 가지도 않았으면서."

일어나 안방으로 이어지는 장지문을 열었다. 텅 빈 불단과 도코

노마*가 어둡다. 할머니 살아생전엔 벽 위쪽에 조상들과 할아버지 사진이 걸려 있었지만, 그도 이제는 없다.

어릴 땐 액자 속에서 나를 바라보는 흑백의 사람들이 무섭기 그지없었다. 아직 살아 있던 할머니 역시 사진과 다를 바 없다고 어린 나는 생각했었다. 할머니는 늘 회색 머리를 단정하게 올리고 수수한 기모노를 입고 허리를 꼿꼿하게 세웠다. 웃음소리는 들어본 적이 없다. 색깔 없는, 그야말로 돌이나 얼음을 연상시키는 차가운 분위기를 풍기는 사람이었다.

"가끔 환기는 시켜줘야지. 목조인데다, 정원 물도 잘 안 빠지잖아요."

"그렇긴 하지."

어머니는 말을 흐렸다. 어머니 역시 내심 할머니를 어려워했다는 것을 나는 안다.

할머니가 돌아가신 것은 이 년 전이다. 적어도 삼 년은 이 집을 다른 사람에게 빌려주거나 하지 말라는 것이 할머니의 유일한 유언이었다. 이 년 동안 할머니의 유품은 조금씩 처분되었고, 사람이 살지 않게 되면서 정원도 집도 눈에 띄게 황폐해졌다.

"왜? 차로 장 보러 가게?"

"응. 세시쯤 마리네가 온다고 해서 케이크를 사올까 하고. 너희

---

* 족자나 꽃 같은 장식물을 두는 공간.

형부가 단거 좋아하잖아."

출산한 지 얼마 안 된 언니는 주말이 되면 친정에 자주 온다. 부모님이 환영하지 않을 리 없다. 나는 교대로 아기를 안는 부모님과 언니 옆에서 무료한 듯 웃음을 띤 형부의 얼굴을 떠올렸다.

"알았어. 좀 있다 갈게. 도중에 뭐 좀 사가지 뭐."

"그래? 그럼 부탁할게. 아, 그럼 마트에도 들러줄래?"

이것저것 늘어나는 어머니의 심부름을 받아 적지도 않고 적당히 네네 하며 흘려듣는다. 어차피 몇 개 잊고 가도 알지 못할 것이다. "케이크는 적당히 골라." 어머니는 그렇게 말하고 전화를 끊었다.

뭐든 괜찮다고 형부는 말하지만, 실은 그가 몽블랑을 좋아한다는 걸 나는 안다. 특히 속껍질이 든 밤 페이스트를 좋아한다는 것도.

툇마루로 나와 잡초에 뒤덮일 것 같은 정원 구석의 그루터기를 바라보았다. 유령은 나타나지 않았다. 아직 너무 밝은 것인지도 모른다. 새들의 날갯짓으로 잎이 흔들렸다.

마루라도 닦아보려고 했지만 마음이 안정되지 않았다. 나는 유리문을 닫은 다음, 뒷문으로 차고를 향했다.

일단 차를 문 앞에 세우고 차고 셔터를 닫으려고 차에서 내렸는데, 담장 옆에 남자가 서 있는 게 보였다. 큰 등을 구부리고 정원을 바라보고 있다. 유령의 그루터기 주변이다.

녹이 슨 셔터를 잡고 남자를 보면서 일부러 힘껏 내렸다. 덜컹 하고 땅에 부딪친 셔터가 커다란 소리를 냈다. 발에 떨어진 붉은색 녹

부스러기가 느껴졌다.

남자가 입을 벌리고 내 쪽을 돌아보았다. 키는 컸지만 어깨가 너무 벌어진 탓인지, 다리가 짧아 보였다. 장마가 시작되기도 전인데 벌써 까맣게 그을려 있었다.

남자는 나와 눈이 마주치자 이를 드러내고 웃었다. 구김살 없는 웃음이었다. 늘어진 윗도리에 구멍 난 청바지. 땅을 팔지 않겠냐고 간혹 찾아오는 부동산업자로는 보이지 않았다. 근처 주민일까?

가볍게 웃으며 목례를 하고 차에 올라탔다. 출발하면서, 백미러로 남자의 모습을 확인했다.

모퉁이를 돌 때까지 남자는 움직이지 않고 나를 지켜보고 있었다.

그다음 주에도 할머니 집에 갔다.

마루를 닦고 툇마루에 앉아, 나뭇잎 사이로 비치는 빛에 눈을 가늘게 떴다. 시내에서 벗어난 이 주택가는 무척 조용했다.

"처제, 최근에 그린 일러스트 없어?"

지난주, 내가 고른 몽블랑을 보며 형부가 눈을 가늘게 뜨고 말했다. 언니 부부는 우리 집에 자주 왔지만, 나를 만난 것은 삼 개월 만이었다.

"실은 그림 그리는 거, 관뒀어요."

"왜? 왜 그만뒀어!"

아기를 어르던 언니가 목소리를 높였다.

"먹고살기 힘드니까. 취직하는 게 좋을까 싶어서. 파견사원이긴

하지만 회사에 다니고 있어."

"너, 회사에 입고 다닐 만한 옷은 있니?"

언니는 변함없이 엉뚱한 데 관심을 보인다.

"그 회사, 유니폼이야."

나는 그렇게 대답하고 서양배 시부스트를 입에 넣었다. 역시 이 집 케이크는 맛있다.

"뭐, 마음이 놓이기도 하지만. 스물일곱 살이나 먹었는데 파견사 원을 하면서 친정에서 지내는 게 좀."

"사키는 태평스러우니까."

"그래도 근본은 고집스럽지."

어머니와 언니가 하는 얘기를 옆에서 들으며 홍차를 한 모금 마셨다. 식어빠져 향이 전혀 나지 않았다. 역시 내가 탈 걸 그랬다.

"그래서 웬일로 일요일에 집에 있었던 거구나?"

형부가 느긋한 목소리로 말했다. 섬세해 보이는 가는 손가락으로 포크를 움직이면서.

"하지만 회사를 다니면서도 그림을 그리면 좋지. 아예 그만두지 않아도 되잖아. 아깝다. 처제 일러스트, 난 좋던데. 특히 색감이."

홍차를 들이켜고 "고마워요" 하고 속삭였다. 형부는 변함없이 눈을 가늘게 뜨고 있었다. 아이 아빠가 되어도 이전과 전혀 달라진 것이 없었다.

언니와 형부는 오래 사귄 사이여서 내가 고등학생 때부터 자주 집에 놀러 왔다. 조용한 성격으로 고등학교 때에는 미술부였다고 했다. 예전에는 미술관에도 데려가주곤 했다. 금방 싫증을 내고 벤치에 앉아버리는 언니에게 신경을 쓰면서도 내게 띄엄띄엄 그림에 대해 설명해주었다.

나도 그림 그리는 걸 좋아했다. 어릴 때부터 줄곧. 1지망인 미술대학에 무사히 합격하자, 작품들을 모아 카페나 작은 갤러리 같은 데서 전시회도 열었다. 엽서를 팔기도 하고 친구 가게 전단지도 만들면서, 작지만 잡지나 광고 관련 일들이 들어오게 되었다.

일이 들어오면 방 안에만 틀어박혀 있었고, 일이 없을 때에는 아르바이트로 연명하면서 불안정하기는 해도 충만한 생활을 했다. 아무리 힘들어도 그림을 그리는 동안에는 진정한 나 자신을 확인할 수 있었다.

하지만 이제 더는 그릴 수 없다. 아니, 그리지 않는 편이 좋다.

형부는 더 이상 아무 말도 하지 않았다. 아기가 칭얼대기 시작했고 화제는 내게서 멀어졌다.

호박색으로 변한 툇마루를 손등으로 어루만졌다. 역시 휴일에는 집에 있기보다 이곳에 오는 편이 마음이 편하다. 그림을 그리지 않으면 이렇게나 시간이 남아돈다는 것을 예전에는 미처 몰랐다.

한숨을 쉬고 정원을 바라보았다.

소녀가 있었다.

나는 새어나오려던 목소리를 애써 삼켰다. 곧바로 숨을 죽였다. 소리를 내면 사라져버릴 것 같았다.

아지랑이 같은 몸 저편으로 담장이 보였다. 아직 형태는 갖춰지지 않았다. 나는 소녀의 눈을 가만히 보았다. 소녀는 입술을 앙다물고 깐깐한 얼굴을 하고 있었지만, 그 눈은 역시 아무것도 보고 있지 않았다.

처음 봤을 때에는 사실 놀랐다. 할머니 49재 때였다. 그러고 보니 그 무렵 언니 결혼 날짜가 정해졌다. 친척들이 기쁘게 떠들어댈 때, 나는 멍하니 정원을 바라보고 있었다. 그때 소녀가 나타난 것이다.

당장은 아무 말도 하지 않았고 조금 시간이 지난 후에 어머니와 언니에게 물었다.

"할머니 집에서 이상한 거 안 보여?"

어머니와 언니는 그런 말 하지 말라며 웃어넘겼다. 그 집에서 나고 자란 아버지도 고개를 흔들었다.

"그런 장난말 하면 혼난다."

할머니는 농담을 모르는 엄격한 분이었다. 형제 모두에게 각각 유모가 딸려 있었던 지체 높은 집안 태생으로, 자존심도 강했다. 자세가 나쁘면 등에 자를 댔고, 젓가락 드는 법과 식사 예절 하나하나에 주의를 주는 바람에, 우리 자매는 할머니 집에만 오면 언제나 긴장해서 배가 아팠다. 할머니와 나이차가 꽤 있었던 할아버지는 우리가 태어나기도 전에 돌아가신 바람에 사진으로밖에는 얼굴을 몰랐다. 유령 소녀의 얼굴은 전에 한 번도 본 적이 없었다. 대체 누구일까?

그때, 담장 너머에서 인기척이 느껴졌다. 틈으로 이쪽을 들여다보는 것 같았다.

일어서 보니, 지난주에 보았던 그 남자였다. "저기요" 하고 소리치자 그가 휙 얼굴을 들더니, 손을 휘젓고 아무 일도 없었다는 듯이 가버린다.

현관으로 달려가 신발을 신고 밖으로 나갔지만, 이미 남자의 모습은 사라지고 보이지 않았다.

정원으로 돌아오자 소녀도 사라지고 없었다.

그 후 한 달 정도 남자는 모습을 보이지 않았다.

그러다 장마가 가까워지고 정원의 푸릇푸릇한 녹색이 더 짙어질 무렵, 남자는 다시 나타났다. 그는 상반신이 완전히 가려질 만큼 커다란 배낭을 짊어지고 담장 옆에 서 있었다.

마침 차고에서 차를 빼던 나는 화급히 차를 후진시켜 길거리로 나왔다.

"저기요, 거기요! 요전부터 뭐 하시는 거죠?"

종종걸음으로 다가가자 남자가 뒤를 돌아보았다. 목에 오래된 카메라를 걸고서, 수상하게.

"전 사진작가입니다. 뭐든지 찍긴 하지만, 주로 풍경 사진을 찍습니다."

"그걸 물은 게 아니잖아요!"

"그냥 눈이, 그 카메라 뭐냐고 묻는 것 같아서."

남자는 생긋생긋 웃고 있다. 태도를 재정비하기 위해 일단 숨을 고르고, 남자를 올려다본다. 나보다 머리 두 개쯤은 더 크다. 몸집도 크다. 수염이 아무렇게나 자라 있어, 흡사 산에서 내려온 곰 같은 느낌이다.

"맞아요. 방금 산에서 내려왔어요. 그래서 일주일이나 목욕도 못하고."

남자가 털모자를 벗고 벅벅 머리를 긁는다. 독심술이라도 쓰는 건가. 나는 내 편의 동요를 눈치 채지 못하게 천천히 말했다.

"그걸 묻는 게 아녜요. 요전부터 왜 우리 집을 들여다보는지 묻는 겁니다."

나는 떨어지는 비듬을 피하며 남자를 노려보았다. 남자는 두피를 긁은 손톱을 코로 가져가 냄새를 맡더니 "아" 하고 멍청한 목소리를 냈다.

"서서 말하기 뭣하니 안에 들어가지 않겠습니까?"

"뭐라고요?"

"아, 근데, 배가 고프네요. 도키와에 갑시다."

"네?"

"몰라요? 저쪽에 있는 우동 집. 맛있어요, 수타면에. 사줘요. 있는 돈을 다 써버려서."

그쯤 되자 분노가 놀라움을 이겨냈다.

"내가 왜요?"

나는 그렇게 소리를 지르고 뒤돌아섰다.

"그 유령이 보이죠?"

느긋한 목소리였다. 다시 뒤를 돌아보니 남자는 털모자를 도로
쓰고 있었다.

"역시. 자, 갑시다, 도키와. 기누 할머니도 좋아하셨어요."

남자는 웃으며 아무렇지 않게 할머니 이름을 댔다.

반대편에 앉아 남자가 엄청난 속도로 카레 우동과 튀김 덮밥을
흡입하는 모습을 바라보았다. 메뉴 선택이 엉망이다.

"저기, 할머니하고는 어떤?"

먹으면서도 아직 더 먹고 싶은 게 있는지 남자는 가게 안을 두리
번거리고 있었다. 이런 덜렁대는 남자와 꼿꼿한 할머니의 접점을
도무지 찾을 수가 없다.

"계란말이 시켜도 될까요?"

내 말이 귀로 들어가지 않는 모양이다. 포기하고 끄덕이자, 남자
가 가게 아주머니에게 환한 목소리로 주문을 한다. 남자가 면을 후
루룩 먹는 동안, 튀는 카레 국물을 피하기 위해 나는 몸을 조금 옆으
로 움직여 앉는다.

"그쪽에겐 보이나요, 그 소녀가?"

남자가 슬쩍 얼굴을 들었다. 눈이 검고 또렷했다. 멋대로 자란 수염이 나이를 가리고 있었지만, 어쩌면 나보다 어릴지도 모른다.

"내게만 보여요. 가족들한텐 안 보인대요. 그런데 왜 그쪽에게는 보이는 거죠? 할머니와는 어떤 관계였죠?"

"안 드실 거예요? 면이 불어버릴 텐데."

말을 하려는데, 남자가 또 웃었다. 얼른 빨리 먹어요, 하는 듯 큼지막한 손으로 나무젓가락을 건넨다.

어쩔 수 없이 우동을 한 가닥 먹었다.

"맛있네요."

가는 면인데도 확실히 탄력이 느껴진다. 투명한 국물도 향이 좋다.

"그렇죠?"

남자는 방긋방긋 웃으며 고개를 끄덕인다.

잠시 우동에 정신이 팔린 사이, 남자가 입을 뗐다.

"기누 할머니는 제 할머니와 막역한 사이였어요. 기누 할머니가 붓글씨를 했었잖아요? 전시회에서 상도 받고 했을 때 저보고 사진을 찍어달라고 하시더군요. 그때 기누 할머니 글씨에 완전히 반해버렸죠. 단정하면서도 왠지 요염하고, 그래서 가끔 놀러 가게 됐어요, 그 집에."

분명 할머니는 붓글씨를 썼었다. 일주일에 두 번쯤 학생들도 받았다. 하지만 흑과 백만 있을 뿐, 색이라곤 없는 붓글씨의 세계에 어떻게 들어가야 할지 나로선 알 수 없었다. 먹물의 차가운 냄새는 할머니와 많이 닮아 있었다.

"대단하네요. 전 할머니가 무슨 글자를 쓰는지도 몰랐어요, 너무 달필이어서."

"저도 읽지는 못했어요."

"그런데도 요염했다고요?"

내가 어이없다는 표정을 짓자, 남자는 당연하다는 얼굴로 고개를 끄덕였다.

"읽는 것과 느끼는 건 다르잖아요. 글자란 원래 사물의 형태에서 만들어진 것이니까. 그림 같은 것이기도 하죠. 그림을 뭐, 생각하고 보나요?"

아무 말도 하지 않자 남자가 나를 찬찬히 봤다.

"왜요?"

나는 몸을 뺐다.

"물려받았네요."

"네?"

"사키 씨, 맞죠?"

"그걸 어떻게……"

"화가시죠?"

"아뇨, 일러스트레이터예요."

"기누 할머니 피를 물려받았네요. 당신 얘기를 자주 하시던데. 그림을 잘 그리는 손녀가 있는데, 미술대학 졸업 전시회를 언덕 위 미술관에서 했다고요. 거기서 상도 받았다고 몇 번이나 그랬어요. 좋아하는 손녀딸이었으니까."

"설마."

나는 눈길을 피하고 웃었다. 할머니는 내게 자상하게 말을 건넨 적이 없었다. 직접 만든 연하장을 보내도, 생신 축하 카드를 보내도, 감상 한 마디 말한 적이 없다. 졸업 전시회에 오셨는지도 몰랐다.

"하지만 이제 그림은 관뒀어요."

그렇게 말하는 순간, "여기 있습니다" 하고 사각형 계란말이 그릇이 놓였다. "왜요?" 하면서도 남자는 냉큼 젓가락을 뻗는다. "얼른얼른, 따뜻할 때 먹죠" 하며 내게도 권한다.

연노란 덩어리를 젓가락으로 자른다. 부드러운 색. 따뜻하고 폭신폭신한 식감. 형부가 좋아하는 색. 형부는 파울 클레의 전시가 있을 때마다 같이 가자고 해주었다. 형부와는 그 무구한 그림이 잘 어울렸다. 왠지 클레를 보러 간 날은 가랑비가 내렸고, 형부는 정성 들여 접은 우산을 펴서 내게 슬쩍 씌워주었다.

내가 피어오르는 듯한 연한 색조의 일러스트를 그리면, 형부는 눈을 가늘게 뜨고 웃으며 칭찬해주었다. 어느덧 스케치북은 파스텔 톤으로 채워지고 있었다. 눈물이 날 만큼 따스한 색으로 그리면 그릴수록, 내 마음은 더러운 색으로 가득 차는 느낌이었다. 그림만큼은 거짓말을 해서는 안 되는데.

"굿을 해야 할까요?"

작은 소리로 말할 셈이었는데, 남자가 "왜요?" 하고 큰 소리로 답했다.

"유령이면 굿을 하는 게 좋잖아요."

"유령인가요?"

"그쪽이 그렇게 말했잖아요."

"아니, 다른 사람 눈에 보이지 않는 거라면 유령일까 싶어서요."

남자는 그렇게 말하고 마지막 계란말이를 입에 넣었다. 그 모습을 바라보며 나는 조금 생각에 잠겼다.

"어쩌면 나무의 정령일지도 몰라요. 언제나 그 그루터기 옆에 나타나거든요. 그 나무는 할머니가 베게 했다고 했어요. 커다란 벗나무였대요."

"그게 언제죠?"

"시집 왔을 때라고 들었어요."

남자는 잠시 입가를 내리고 신음을 내더니, 갑자기 "저한테 맡겨주세요" 하며 가슴을 두드렸다.

"제가 굿을 하죠."

"할 수 있어요?"

"그 정도도 못하고 어떻게 사진작가를 하겠어요?"

정말 수상쩍은 남자였다. 내가 한숨을 쉬자, 남자는 "괜찮아요, 정말로" 하며 웃고는 카레 우동을 소리 내어 들이켰다.

할머니는 벚꽃을 싫어했다.

쓸어도 쓸어도 벚꽃 잎이 팔랑팔랑 져서 옷이며 집 안이며 더러워진다고, 봄엔 늘 불평만 늘어놓았다. 술주정꾼도 싫어해서 꽃구경 따위 어림없는 일이었다.

그런 할머니가 나고 자란 저택에는 벚나무가 많았던 모양이다. 벚꽃 필 무렵 저택은 담홍색 솜으로 뒤덮인 듯했다고 한다. 밤에도 어렴풋이 빛나 보일 만큼 멋진 풍광이어서 다른 현에서 일부러 보러 올 만큼 유명했었다나.

저택에는 재주가 뛰어난 정원사가 있었다고 했다. 그 정원사가 무엇보다 사랑한 게 벚꽃이었다. 그는 전국의 벚나무를 모아 너른 정원 한쪽에 '벚나무 밭'을 만들기도 했고 마을 공공시설에 심기도 했다. 그리고 수많은 벚나무 품종을 만들어 사람들에게 나눠주었다.

하지만 할머니의 집안은 점점 가세가 기울었고, 일하던 사람들도 하나둘 그만두게 됐다. 그러나 그 정원사만은 다른 곳에서 일하게 된 후에도 한 달에 한 번은 꼭 할머니 집을 찾아와 벚나무들을 돌보았다고 한다. 그 저택이 팔릴 때까지.

"벚꽃은 이제 됐어요."

시집 왔을 때, 할머니는 그렇게 말했다. 달리 아무 소원 없어요. 정원에 있는 벚나무를 베어주세요, 하고 할아버지에게 애원했다고 한다. 쇠락해버린 집안을 떠올리기 싫을 것이라고 가엾이 여긴 할아버지는 벚나무를 베었다. 커다란 나무였기 때문에 뿌리와 그루터기는 남았다.

어쩌면, 소녀의 유령 주위에 떠도는 건 벚꽃 잎이 아닐까? 역시 벚나무 정령일지도 몰라.

"기누 할머니 친정의 벚나무는 정말 대단했다던데? 시체가 묻혀 있는 게 아니냐는 소문이 날 정도로. 봄마다 할머니가 말하더라고. 매해 함께 꽃구경을 했다고."

만면에 웃음을 띠고 남자가 말했다. 어느새 말을 놓고 있었다.

"하지만 할머니는 벚나무를 싫어했어요. 화려한 건 봄뿐이고, 겨울이 되면 너무 추워 보이는데다가 벌레 먹지, 손 많이 가지, 좋을 게 하나 없다고요."

"정말 싫어했다면 친구를 불러서 보이고 했겠어?"

배가 부르자 잠이 오는지 남자는 크게 하품을 했다. 그러더니 배낭을 가볍게 흔들고 다시 짊어졌다.

수염에 카레 같은 게 묻어 있었지만 귀찮아서 아무 말도 하지 않았다.

할머니 집 앞까지 오자 남자는 "자, 굿은 다음 주에 하지" 하며 웃었다.

"오늘 해주는 게 아닌가요?"

"준비할 게 여간 많아야지."

그렇게 말하고 남자는 나를 남긴 채 걷기 시작했다. 그리고 조금 떨어진 곳에서 뒤를 돌아본다.

"기누 할머니, 기모노 어쨌어?"

"네?"

"기모노. 기누 할머니, 항상 기모노를 입고 있었잖아."

심장이 덜컹했다. 나는 눈길을 피한 채 주머니에 손을 넣어 자동차 열쇠를 만진다.

차갑고 딱딱한 감촉이 가슴을 진정시켰다.

"다 처분했어요."

남자는 "흠" 하고 가볍게 입을 내밀고는, "그럼 다음 주에 봐. 우동 잘 먹었어" 하고 손을 들었다.

나는 커다란 파란색 배낭이 흔들리면서 멀어져가는 것을 잠시 바라보았다.

할머니는 툇마루 기둥에 기댄 채 세상을 떴다. 마치 선잠을 자는 듯한 얼굴이었다.

의사는 심근경색이라고 했지만, 찬장에서 시판용 진통제가 한 무더기 나온 걸 보면 어딘가 아팠던 건지도 모른다. 아버지는 "고집쟁이셨으니까 병원에도 안 가셨겠지" 했다.

어머니와 숙모들이 기모노를 바꿔 입히려고 모였을 때, 할머니의 깡마른 앞가슴 위로 선명한 색이 드러났다. 왠지 가슴이 덜컹했다.

"어머니, 색깔 있는 쥬반을 입으셨네."

"쥬반?"

"속옷 말이야. 기모노 속옷 같은 거야. 의외로 멋쟁이셨구나?"

어머니는 눈가의 눈물을 훔치며 미소를 지었다. 나는 웃을 수 없었다.

그 속옷은 할머니가 늘 입던 옷보다 밝은색이었다. 그 대비 때문에 선명한 색처럼 보였지만, 자세히 보니 빛바랜 오렌지색 같다고 할까, 붉은빛 도는 갈색 정도의 색이었다. 드문드문 염색이 덜 된 데도 있어서 자연스러운 느낌의 천이었다. 결코 화려한 색이 아니었다.

그래도 왠지 봐선 안 될 걸 봐버린 느낌이었다. 피가 말라 풍화해버린 듯한 색으로 보였기 때문일까. 언제나 의연했던 할머니가 몰래 감춰둔 어떤 '여성적인 것'을, 우리가 안이하게 알아서는 안 될 것 같은 기분이었다.

그러나 모두들, 아무것도 아니라는 얼굴을 했다. 나만 얼굴을 돌리고 가슴이 고동치는 소리를 듣고 있었다.

일주일 후, 집을 나서려는데 어머니가 차를 쓰지 말라고 했다. 언니 부부가 온다고.

"저녁은 먹고 올 거야" 하고 역으로 향했다. 언니 부부와는 마주치고 싶지 않았다.

형부는 만날 때마다 그림에 대해 물었다. 나는 그 자상한 눈을 보면, 어떻게 해야 좋을지 알 수 없게 되고 만다. 언니 부부가 왔을 때의 나는, 그루터기 옆에 선 유령 같은 눈을 하고 있는 느낌이다. 아무것도 보려 하지 않고, 눈앞의 것이 지나가기를 가만히 기다리고 있다.

전철에서 버스로 갈아타고 할머니 집이 있는 동네에 도착하자 이미 세시가 가까웠다.

문이 열려 있었다. 작은 돌길을 걸어가자 현관 앞에 다리를 벌린 채 자고 있는 남자의 모습이 보였다. 주머니가 잔뜩 달린 바지 차림에, 수염은 깎았지만 머리는 당장이라도 새가 날아와 둥지를 틀 것처럼 비죽거렸다. 하지만 무방비한 자세에 비해 목에 건 카메라는 손으로 꼭 쥐고 있다.

"이봐요, 좀 일어나요!"

어깨를 흔들자, 그가 "으응, 어?" 하고 멍청한 소리를 내며 나를 바라보았다.

"아, 사키 씨구나. 너무 늦어서 잠들어버렸어."

"늦었다뇨, 약속 시간을 정한 것도 아닌데."

남자는 "그랬나?" 하고 아무렇지 않게 대답하더니 자리에서 일어나 기지개를 켰다.

"자, 그럼 시작할까? 아, 그 전에 과자랑 마실 거 좀 사와도 될까?"

남자가 미안한 기색도 없이 손을 내민다. 어쩔 수 없이 천 엔짜리

지폐를 올려놓자 그가 휘파람을 불며 나갔다. 보기 좋게 뜯기고 있는 느낌이다.

그대로 안 돌아와도 좋아, 하고 바라며 집 안으로 들어갔다. 창과 미닫이문을 열어 환기를 시키는데 얼마 안 있어 편의점 비닐봉투를 부스럭거리며 남자가 돌아왔다. 그가 "다 없어져버렸네" 하고 말하며 익숙한 몸짓으로 거실을 가로지른다.

유일하게 남은 탁자를 툇마루 가까이로 끌어가 페트병과 과자를 내려놓는다. 그러곤 툇마루에 책상다리를 하고 앉아 핫도그를 입 안 가득 물었다.

나도 툇마루로 나와 정원을 바라보았다. 어제 내린 비로 흙냄새가 피어오르고 있다. 햇빛이 눈부시다. 소녀는 없었다.

나는 남자에게서 약간 떨어진 곳에 자리를 잡고 앉는다. "이봐" 하고 핫도그를 먹어치운 남자가 말하더니, 많은 주머니 중 하나에서 뭔가를 꺼냈다. 그리고 내 눈 앞에서 손을 흔든다.

오렌지색의 뭔가가 펄럭였다. 순간, 힘줄이 드러난 할머니의 가슴이 떠올랐다.

"이런 색 천, 본 적 없어?"

나도 모르게 벌떡 일어서고 말았다. 남자는 나를 올려다보았다.

"기누 할머니, 몸에 지니고 있었지? 이 천, 우리 할머니가 물들인 거야. 어릴 때 기누 할머니네 집 정원을 보고 나서 식물을 좋아하게 됐거든. 그 이후로 계속 식물 염색을 하셨어. 기누 할머니에게 부탁을 받았다고 했어."

남자는 일어서 양말을 벗더니, 툇마루에서 정원으로 내려섰다. 그가 다 말라가는 그루터기 쪽으로 걸어간다.

"그것도 수십 장이나. 쥬반만. 물론 한 번에 다는 아니야. 조금씩. 그래도 이삼 년은 걸리는 양이었대. 이래봬도 우리 할머니, 식물 염색으로 유명하거든. 햇볕에 말려가며 몇 번이나 다시 염색을 하니까 색이 변하는 일도, 바래는 일도 없지. 사오십 년은 끄떡없어."

그가 뒤를 돌아본다.

"이 천, 무엇으로 물들이는지 알아?"

내 대답을 기다리지도 않고, 남자는 그루터기 위에 조심스레 천을 올려놓았다.

"벚나무야."

그가 살포시 웃는다.

"이 나무였구나."

그때 남자의 옆 공기가 흔들렸다. 소녀가 서 있었다.

이번에는 두 갈래로 딴 머리까지 또렷하게 보였다. 소녀는 평소처럼 공허한 눈을 하고 있지 않았다. 천이 놓인 그루터기를 물끄러미 바라보고 있었다.

"있구나."

남자는 천천히 말했다. 여태껏 본 적 없는 자상한 눈으로 그가 주위를 둘러본다.

"그쪽, 안 보여요?"

"미안. 실은 나한테도 안 보여. 보였던 건 기누 할머니야. 그리고 사키 씨한테 유령이 보이는 건 기누 할머니처럼 숨겨둔 색이 있어서 그래."

"무슨 뜻이에요?"

"기누 할머니는 실은, 벚꽃을 정말 좋아하셨어. 혹은 벚꽃과 관련된 무언가를 사랑했지. 그게 무엇인지 알려주진 않았지만. 하지만 기누 할머니는 시집을 오면서 그 감정을 잘라내려고 했어. 그래서 이 벚나무를 베게 한 거야. 하지만 완전히 베진 못했는지도 몰라. 그래서 우리 할머니에게 부탁해서 벚나무로 쥬반을 염색한 거지, 한 평생 입을 쥬반 말이야. 숨겨둔 마음을 누구에게도 들키지 않고 혼자 안고 가려고 했겠지."

소녀 주위에서 빛이 아물거렸다. 선명히 보였다. 벚꽃 잎이었다. 벚꽃 잎이 반짝반짝 빛나며 소녀를 둘러싸고 하늘거리고 있었다.

"할머니는 벚꽃이 싫다고⋯⋯"

"기누 할머니 친정에 있던 정원사는 벚나무 파수꾼이라고 불렸나 봐. 이 동네 여기저기 온갖 벚나무를 심어서 그걸 관리했대. 사키 씨가 졸업 전시회를 한, 벚나무로 온통 뒤덮인 언덕 위 미술관도 그래. 거기 벚나무는 정말 장관이지. 기누 할머니, 거기서 꼭 전시를 하고 싶어했어. 사키 씨가 거기서 한 전시, 분명 자랑스러운 마음으로 갔을 거야. 그리고 또, 뭐가 보이지?"

"벚꽃이 지는 게 보여요."

내가 중얼거리자, 남자는 툇마루로 돌아왔다.

"기누 할머니는 여기서 벚꽃이 피는 걸 본 적이 없을 거야. 벚나무 염색은 꽃잎이 아니라 꽃이 피기 전 생목을 쓰니까. 꽃잎으로는 천에 색깔이 배지 않아. 매화나무도 벚나무도 퇴색되지 않는 색은 줄기 안에 있어. 감춰둔 건, 강하거든. 살아 있는데도 유령을 만들어 버릴 정도로."

"그럼……"

"그래, 사키 씨가 보는 소녀는 이루지 못한 기누 할머니의 마음이야. 피지 못한 벚꽃."

다시 한 번 소녀를 보았다. 소녀는 쏟아져 내리는 꽃보라를 올려다보고 있다.

"그렇지만, 그건 됐어. 문제는 사키 씨야."

"나요?"

놀라 남자를 보았다. 남자는 검은 눈으로 나를 지그시 바라보았다.

"그래. 저 소녀는 사실 보이면 안 돼. 나는 기누 할머니한테 부탁을 받았어. 혹시 자기처럼 유령이 보이는 사람이 나타나거든 알려주라고."

"뭘 말인가요?"

"억지로 자신을 납득시키지 않아도 된다고. 자기 마음을 억누르지 말고 자유롭게 살았으면 좋겠다고. 평생 자신의 유령을 바라보

230

며 사는 건 자기만으로도 족하다고 그랬어."

"난 억누르며 살지 않아요."

"그럼 왜 그림을 그만뒀지?"

"못 그리게 됐으니까요."

"정말?"

나는 남자에게서 시선을 돌린다.

거짓말이다. 그럴 수 있었다. 하지만 그날, 알아버렸다. 내가 그리고 싶은 그림이 아니라 칭찬을 들을 수 있는 그림을 그려버렸다는 것을.

나는 형부가 좋아하는 연한 색으로 부드러운 그림만 그렸다. 내 마음의 진정한 색깔에는 눈을 돌리고, 그저 예쁜 색을 칠하고 또 칠했다. 형부 마음에 들고 싶어서였다.

"교태를 부리는 그림을 그렸어요. 나답지 않은 색을 써서."

"왜?"

"누군가의 마음에 들고 싶어서."

"좋아하는 사람에겐 누구나 좋게 보이고 싶은 법이야."

남자는 웃었다. "그건 나쁜 게 아냐"라고 말하며, 렌즈 뚜껑을 벗겨 바지 주머니에 넣는다.

"좋아하는 사람?"

"응, 좋아했겠지, 그 사람을. 나도 어릴 땐, 좋아하는 사람이 봐줬으면 해서 서툰 기타를 치기도 했어."

"그렇지만 좋아하면 안 되는 사람이었어요. 좋아한다고 해도, 소중한 사람들을 잘 지킬 줄 아는 사람이니까 좋아한 거고."

그래서 보지 않으려고 했다. 내 마음도 들키지 말았으면 했다. 그런데 내 그림이 나도 모르게 변해가고 있었다. 한심했다.

"사람들 마음속은 그저 순수하고 아름답기만 한 게 아냐. 완벽하지 않아. 갖고 싶다는 자신의 욕망을 제대로 돌볼 줄 알아야지. 시작은 거기서부터야."

자신의 욕망. 얼마나 강하고 무서운 울림인가. 부정하려고 하다, 입을 다물었다.

그렇다. 난 분명 형부를 원했다. 단 하루라도 좋으니 단둘이 지내보고 싶었다. 나를 바라봐주었으면 했다. 그것이 안 된다면 내 그림만이라도 사랑해주었으면 했다. 그런 욕망이, 분명 있었다.

소녀의 모습이 번지고 있었다. 꽃보라 때문인지, 눈물 때문인지는 알 수 없었다.

남자가 무릎을 세워 카메라 셔터를 눌렀다. 잘 잘리는 가위처럼 기세 좋은 소리가 좁은 정원에 울렸다.

"유령을 찍을 수 있어요?"

"눈에 보이는 것만을 담는 게 아니니까. 그림도 마찬가지 아닌가? 살면서 알게 된 많은 것들에게 보이지 않는 깊이가 있다고 난 생각해. 줄기 안을 흐르는 꽃의 색처럼."

그루터기 위의 천을 보았다.

꽃이 지고 나무가 시들어도 색은 사라지지 않는다. 문득 그런 말이 떠올랐다.

할머니의 몸속을 흐르던 붉은색을 본 기분이었다. 그것이 어떤 마음이었든, 예쁜 색 같았다.

주저앉아 무릎을 끌어안는다.

"그런데, 어떻게 나와 할머니한테 유령이 보이는지 알았어요?"

남자는 카메라에서 얼굴을 떼고 웃었다.

"나 사진작가잖아. 유령은 안 보여도, 숨겨둔 건 보이지. 색이란 게 아무리 감추어도 번져 나오는 법이거든."

작게 웃는다. 싫지 않았다.

잠시 후 카메라에 눈을 대고 남자가 말했다.

"아직도 유령이 보여?"

나는 질문에 대답하지 않았다. 아직 슬픔이 남아 있었다. 앞으로도 분명 가슴이 아플 것이다. 그 목소리를 들을 때마다, 그 서 있는 모습을 볼 때마다, 심장이 삐걱거릴 것이다.

하지만 분명한 아픔을 느끼면서도 이상하게 마음이 평온했다.

계절에 맞지 않는 벚꽃이 한 잎 한 잎 사라져가고 있었다.

작가의 말

내가 처음 본 벚꽃은 보라색이었다.

여섯 살 때의 기억이다. 우리 가족은 아프리카 잠비아라는 나라로 이사를 갔고, 나는 그곳에서 활짝 핀 벚나무를 보았다.

울퉁불퉁한 줄기가 거대했고 꽃은 하나하나 종 모양을 하고 있었다. 무수한 꽃들이 새파란 하늘을 뒤덮으며 두둑 하고 떨어지곤 했다.

음악이 들리는 듯했다. 눈물이 날 만큼 행복한.

그것은 분명 축복이었다. 원시적이고 무자비하고 강렬한, 일본과는 전혀 다른 나라에 받아들여진 느낌이었다. 이 나라 벚꽃은 보라색이라고 생각했다.

그때까지 나는 홋카이도에 살았기 때문에 옛날이야기나 고전을 통해 벚꽃의 존재를 알고 있었을 뿐, "이게 벚꽃이다!" 할 만한 꽃을 만난 적이 없었다. 홋카이도의 봄은 꽃보다도 선명한 신록이 더 시선을 끈다. 벚꽃도 처음부터 꽃이 지고 어린잎이 돋아난 상태가 되어버린다. 마치 구름처럼, 꽃잎만 피는 나무를 본 적이 없었다. 경치를 물들게 하는 만개한 벚꽃은 내 동경의 대상이었다.

그런 벚꽃을 머나먼 이국땅에서 만났으니, 그것은 엄청난 충격이었다.

그러다 보라색 꽃나무의 이름이 '자카란다'라는 걸 알게 됐다. 일본에 돌아오고 나서야 알았지만, '자운목'이라고도 불린다.

벚꽃이 아니라는 걸 알고도 자카란다의 압도적인 아름다움은 빛이 바래지 않았다. 자카란다에는 벚꽃 같은 장엄함이 있었다.

꽃이 피는 계절은 기온에 따라서 다르긴 했지만 8월부터 9월이다. 마침 내가 다니던 국제학교의 신학기와 겹친다.

매해, 새 학년에 올라가는 긴장감을 가슴에 품으면서 보라색 가로수 길을 걸었다. 종처럼 귀여운 꽃을 밟지 않으려고, 여동생과 통통 뛰면서 걸었다. 하지만 점점 쌓여가는 꽃은 길을 온통 뒤덮었고, 우리는 "이제 더는 못 걷겠네" 하며 함께 웃었다. 돌이킬 때마다, 꿈 같은 경치였다는 생각이 든다.

이 소설집에는 벚꽃 이야기만 모았다. 데뷔 전에 구상한 이야기도 있지만, 전업 작가가 된 후 반 년에 하나씩 썼던 이야기들이다.

솔직히, 꽤 특이한 사람들이 많이 등장한다. 그들은 각자 복잡한 문제를 안고 있다.

사람은 서로를 완전히 이해할 수는 없다고 나는 생각한다.

하지만 이어질 수는 있다. 아름다운 것, 다정한 것, 강렬한 것. 마음을 뒤흔드는 그런 것들을 접하면 사람의 마음은 한순간에 움직인다. 그럴 때에 교감할 수 있는 누군가를 만난다면, 무척 행복한 일이다. 그 순간은 분명 그 사람을 지탱해줄 것이다.

지금 나는 벚꽃이 많이 피는 오래된 동네에 살고 있다. 십 년 이상 살고 있지만, 아직도 둘러보지 못한 벚꽃 명소가 있을 정도다.

하지만 아프리카에서 가족과 본 보라색 꽃은 여전히 마음속에 남아 있다.

조금도 빛이 바래지 않는다.

옮긴이 김미형

전문번역가. 제주대학교 일어일문학과 졸업. 일본 주오대학에서 석사학위와 박사학위를 받았다.
『우에노 역 공원 출구』 『퇴사하겠습니다』 『마이 룰』 등을 우리말로 옮겼다.

벗꽃이 피었다

1판 1쇄	2017년 3월 17일
1판 6쇄	2019년 3월 26일

지은이	치하야 아카네
옮긴이	김미형
펴낸이	김정순
편집	김이선
디자인	이혜령
마케팅	임정진 김보미 전선경

펴낸곳	(주)북하우스 퍼블리셔스
임프린트	엘리
출판등록	1997년 9월 23일 제406-2003-055호
주소	04043 서울시 마포구 양화로 12길 16-9 (서교동 북앤빌딩)
전자우편	ellelit@naver.com
블로그	blog.naver.com/ellelit
전화번호	02 3144 3123
팩스	02 3144 3121

ISBN 978-89-5605-541-1 03830

엘리는 출판사 북하우스의 임프린트입니다.

이 도서의 국립중앙도서관 출판도서목록(CIP)은 서지정보유통지원시스템 홈페이지
(http://seoji.nl.go.kr)와 국가자료공동목록시스템(http://www.nl.go.kr/kolisnet)에서
이용하실 수 있습니다.(CIP제어번호: CIP2017004654)